一本散发着浓郁乡情
蕴含着人生哲理的诗歌作品集

远方的你

刘兴勇 著

西北大学出版社

图书在版编目（CIP）数据

远方的你 / 刘兴勇著. —西安：西北大学出版社，2018.6

ISBN 978-7-5604-4232-7

Ⅰ. ①远… Ⅱ. ①刘… Ⅲ. ①诗集—中国—当代
Ⅳ. ①I227

中国版本图书馆 CIP 数据核字（2018）第 189987 号

远方的你

刘兴勇 著

出版发行 西北大学出版社
（西北大学内 邮编：710069 电话：029-88302621 88303593）

经 销 全国新华书店
印 刷 陕西博文印务有限责任公司
开 本 787 毫米×1092 毫米 1/16
印 张 21

版 次 2018 年 8 月第 1 版
印 次 2018 年 8 月第 1 次印刷
字 数 250 千字

书 号 ISBN 978-7-5604-4232-7
定 价 68.00 元

序

沙漠边走出的诗人

李树茂

2017年9月的一天周末，兴勇打电话说自己从西安回中卫了。这个时节，金沙岛风景最好，各色鲜花开得正艳，我便邀请他们夫妇一起上岛进行考察游览。晚上在岛上举办亚洲旅游小姐总决赛，沙山下临时搭建的观众席区人山人海，台上各国小姐妖娆美丽，从没见过此等场面的人们看得如痴如醉。然而兴勇对台上的表演并无兴趣，一直在低头玩手机。“不看美女看手机，老了！”我在心里叹着，这时候却见自己的手机屏幕亮了，上面显示着兴勇的诗——现场作的诗：“这一碧万顷的湖水/在腾格里沙漠的/粗犷怀抱里/摇曳着迷人的风姿”“在我流浪四方的日子/金沙岛蜕变成/靓丽的少女/一夜之间/妩媚了天下/所有的诗情与画意”

我被诗歌的意境惊诧了，当即把诗发给了坐在旁边的市上分管旅游的领导，没想到这位领导比我还兴奋，连说“好诗！好诗！”一转手，发在了正在直播亚洲旅游小姐决赛的互联网媒体网易上。十分钟不到，网易博客竟是好评如潮，点击转发量超过两万多人次！

兴勇是三年前把自己的诗歌散文集《乡音乡情石油梦》给过我一本的，他也把自己的新作常发在微信朋友圈。这天以后，我开始用心来读兴勇的诗，越读，滋味越浓，每读一次，兴勇诗中的那份真挚，那种意境，总能深深地感染到我！

今年春节，远在海南度假的兴勇把新诗集《远方的你》发给了我，并嘱咐我为诗集作序。我诚惶诚恐。自己虽然也很喜欢文学，但长期从事行政工作，并没有像兴勇一样术业有专攻，实在是不敢对别人的作品评三点四！但几次推辞，兴勇依然坚持，说我是他多年的同学，对他最为了解，序由我来写，肯定是最合适的。

我和兴勇是发小，小时候都生长在宁夏中卫腾格里沙漠边缘的农村。这是些古老的村落。这里的人们祖祖辈辈过着简单的农耕生活。简陋的土坯房是他们全部的家产，贫瘠的黄土地是他们赖以生存的命根子，日出而作，日落而息，朝圣般虔诚地在土里刨食，是他们一代又一代不变的宿命。20 世纪 50 年代，他们终于迎来了子女也可以接受平等教育的好时代。到 20 世纪 70 年代末期，国家恢复高考，一批又一批的年轻人从这里的乡村走了出去，走进了城市，走向了外面的世界。他们原本并不是笨拙的，现在赶上了好的时代，于是，祖辈们深埋于血脉、桎梏于贫困中的渴望和追求，在这一代人的身上喷薄而出。十多年的时间，他们中间竟产生了一批又一批的教师、医生、科技工作者、国家公职人员和其他业界精英。

兴勇和我都是这个群体当中的一员，只是我们走了不同的职业道路。我大学毕业后一直守在家乡工作，而兴勇一开始就被分配到了国有大型石油企业。他常年漂泊在异乡，走南闯北，有着比我们更丰富的人生经历。而更让人佩服的是，他在做好本职工作的同时，还自修了法律，成了为社会公平正义奔走的著名律师。

但我以为，兴勇最大的才情，还是他的诗歌创作。他是一个有天赋的诗人。

兴勇工作学习极其勤奋，在一些领域卓有成效，曾陆续出过好几本书。但无论飞得多高，走得多远，他都始终心系故乡，与曾经的同学们，也始终保持着密切的联系。这让我们对他的人生理想，对他的内心追求，有着较深的了解。

或许是因为生在偏远的农村被禁锢封闭得太久的缘故，走出乡村的孩子就像是被放出笼子的鸟一样，对外面的世界充满着强烈的好奇，对一切新鲜知识都有着孜孜以求的渴望。这种好奇和渴望，多少年来一直主宰着兴勇的生活。他热爱大自然，对一切新地方都怀有浓厚的兴趣。每到一处，无论是优美的风景、古老的历史，还是动人的传说，都能激发他创作的灵感。对一些山川风物，可能别人见怪不怪，或者只是一时的新奇和兴奋，而他却总能咀嚼出厚重的味道，沉淀出动人的诗句。在新诗集《远方的你》“高山流水”一节里，《博斯腾湖的夏天》《汉江的传说》《泾川印象》《在山西》《走进湘西》等，都总能把人带进诱人的风景中，带进浓郁的历史文化氛围中。

兴勇的根是牢牢扎在沙漠边缘的黄土地上的，他对这片故土一直都饱含着深情。在他丰富的诗作里，对故乡和生活工作过的地方的眷恋和讴歌，是一个重要的题材。小时候放驴、拾粪，跟着大人干农活，村庄后面的边墙（长城），田野里的蒲公英，戈壁滩上的沙枣树，夜晚的蛙声，不怎么听话的骡马，都是他顺手拈来倾情加以讴歌的对象。梦萦魂牵的故乡，总能让他产生无限的灵感和优美的诗句。他把这方面的作品，全都收进了“故土人情”这一章节里。

兴勇是个热爱工作的人，荒原上采油机威武的手臂，亿万年流淌在地下的石油河，苦中作乐的石油工人，把一生都献给了石油勘探事业的拓荒者，那些点点滴滴的观察，都化作最美好的感受，写进了他大气磅礴的诗作。收在“石油情怀”一节的《勘探者之歌》写道：“自从我的命运／烙上探路者的标记……我把故乡的炊烟／收藏进记忆的深处／把村头那棵老白杨／泛起的一片新绿／装进离乡的背囊／踩着信天游／悲壮的旋律／一头扎进荒芜的高原……我知道／也许一生的探索／都不会有收获／但既然选择了／探路者的使命／除了孑然独行／我别无选择”……石油人四处奔波探油的那种艰辛、执着，跃然纸上，令人感动！

对母亲的思念，是兴勇的诗作取之不尽、用之不竭的灵感源泉。深邃的天空，是母亲深情的眼眸；掠过树梢的清风，是母亲温暖的气息；不期而遇的冬雪，是母亲无声的叹息。在他精神世界的时空里，母亲无处不在，无时不在。驾鹤西去的母亲，永远眷顾着他这个儿子。而他，也总是把母亲当成了须臾不可离开的灵魂依赖！每当创作的时候，母亲慈祥的面孔，总会浮现在眼前，他便深情地写下动人的诗句。《我的母亲》写道：“没有母亲的时候／我的世界暗无天日……那裹满泥巴的简陋小屋里／升起的缕缕炊烟／成为我魂牵梦绕的圣地／而今，母亲真的走了／我回乡的脚步／沉重得像山／每挪动一次／心里的血就汩汩流出”每每读到这些伤感的诗句，我总会被感动得潸然泪下。

兴勇小的时候，母亲曾给他讲过很多的人生道理。其中“石头大了绕着走”被兴勇深深地记在了心里。后来，兴勇自己也开始揣摩，久而久之，一个看似大大咧咧的大男人，感情竟极其细腻丰富起来。但他的这种细腻，没有用在人际关系和人情世故上，而是用在了对自然万物的感知感受上。在他眼里，世间万物皆有灵性，都和人心灵相通。作为意识主体的人，你对自然万物只要有心，作为客观存在的自然万物，便会自然而然走进你的精神世界，和你一起喜怒哀乐！因此在“哲思短语”这一章节里，苍凉的胡杨，浩渺的星空，如潮的麦浪，春雨中的田野，挂在天际的秋阳，悄然飘洒的冬雪，夜深人静时的思念，这些别人或许并不在意的自然现象，都被他咂摸出很深刻的人生感受和哲学道理，启发人们去享受美好的世界，思考多彩的人生。

学生时代的兴勇对文学有着天生的热爱。除了吃饭睡觉上课，他大部分的时间都花在教室和图书馆里，即便是在饭厅排队打饭，他也是一边敲着饭盆一边摇头晃脑背着唐诗宋词。我当时认为兴勇这样下去会变成书呆子，现在看来当时的我是完全错了。因为正是他的这种勤奋和书呆子气成就了一个乡下少年的文学梦。李嘉诚谈到富翁是怎样造就的这个话题时说："当别人不明白他在做什么的时候，他明白自己在做什么；当别人不理解他在做什么的时候，他理解自己在做什么；当别人明白了，他富有了；当别人理解了，他成功了。"我看这句话放在兴勇身上也是合适的。只不过兴勇走的是文学之路，他是精神上的富有者，是诗歌创作上的成功者。

兴勇不仅是个为了文学之梦初心不改的人，也是个童心不改的人，上学工作几十年，身上的泥土味一直没有消失，永远保持着乡下人的质朴和本真。他不是情商很高的精明人，但他是懂得生命真谛的，也是懂得享受生命的。他一直保持着儿时的童趣，也保持着一个读书人最金贵的骄傲和自尊，但他并没有孤立于社会。他走着两条路，一条是承担工作和家庭责任、勤勉工作的生存之路，另一条是他自己想走的文学之路。他不屑于人情世故，更无意于把杯换盏、灯红酒绿，他内心深处是沉静安详的，这种沉静和安详让他总是带着强大的气场，感染着他身边的人和读到他诗作的人。

说兴勇不谙世故并不过分，因为他总在特立独行。他是个极有生活情调和趣味的人。他的有趣，主要在于他总是远离高门广厦，心系山泽鱼鸟，善于用自己独特的视角去观察和体会自然万物。在他诗作的天地里，他心无羁绊，至情至性，才情盎然，没有为赋新词强说愁的无病呻吟，有的只是发自内心深处的种种感悟。我知道兴勇是一个遵从内心召唤的人，他一直在倾听内心的声音，内心深处那些优美、善良的感受一经出现，他便用文字记录下来，再感动别人！

这就是刘兴勇的诗，一行行没有被世俗灰尘污染、没有华丽包装，却总让人感动到眼含热泪的诗句。

2018 年春节写于宁夏中卫市

目　录

高山流水

故土人情

哲思短语

石油情怀

高山流水

博斯腾湖的夏天

七月的天山
将蕴藏了一冬的雪
融化成涓涓细流
在塔克拉玛干
沙漠的边缘
勾勒出博斯腾湖
清晰的轮廓

远处的雪峰
默默地注视着
碧波万顷的湖水
如何在沙漠
肆虐的恐吓下
挥舞高挑的芦苇
演绎着张骞
出使西域的传说

孔雀河
从博斯腾湖
款款的深情里
流淌过库尔勒
璀璨的灯火
蜿蜒消失在
胡杨林干枯的季节

几千年来
博斯腾湖
就像母亲
浑浊的泪水
蓄满沧桑
又充满渴望
总在春暖花开的季节
用弥望的田田荷叶
演绎着先人们
屯垦戍边的
悲壮史诗

2017 年 10 月 3 日于西安

长安之歌

兵马俑浩荡的军阵
依然诠释着秦始皇
威加四海的征尘
汉武大帝铁骑的嘶鸣
依然回响在
滔滔不息的渭河岸边
大雁塔上
玄奘诵读佛经的木鱼
点点滴滴敲打在
古城不眠的夜空

长安，你这不屈的
城市的精灵
在终南山冷冷积雪的
默默注视下
璀璨的灯火
辉煌了千年

你所孕育的王朝
修建的长城
已经崛起成
我们桀骜不驯的脊梁
你庄严的汉宫秋月
已经被演绎成
一个民族
神圣统一的音符
你灿若银河的
丝绸之路
蜿蜒穿过浩瀚的沙漠
已经走出了
先人们那渴盼的视野

长安，你从远古走来
一路荡涤着历史的尘埃
你曾在阿房宫
绵延不绝的
大火中涅槃
你曾在西安事变
震颤的枪声中重生
今天你依然是
漂泊他乡的游子
魂牵梦绕的故土

即使远隔重洋
即使乡音难觅
但唐人街巍峨的牌楼
依然是我们
顶礼膜拜的标志
因为无论何时
我们的身上
依然能够搓出
那黄色的泥垢

长安，你是一座丰碑
至今还矗立在
你的子孙
难以企及的高度
你灿烂的文明
至今还镌刻在
我们心灵的深处

2013 年 12 月 13 日于西安

长　城

烽火台孤独的影子
遗落在北方
辽阔的草原上
千百年来
流浪的金戈铁马
依然踏响
在历史的胸膛

长城
你在蜿蜒起伏的山峦中
跌宕前行
你沉默的夯土或砖石
记载了多少孟姜女
凄凉的绝唱

岁月的风霜
虽然剥去了

你外表的堂皇
尘封的鼓角争鸣
虽然淹没了
你昔日的荣光
敌寇入侵的铁蹄
虽然践踏了
你桀骜不驯的脊梁
但你依然雄壮
成为我们民族
不屈的希望

即使有一天
你在暴风雪中
轰然倒塌
你残破的瓦砾
依然是我们心中
最珍贵的宝藏

因为你是用我们
先人的血泪铸成
因为你是华夏子孙
永远取之不竭的力量

2013 年 11 月 5 日于西安

鼓浪屿

鼓浪屿
像熟睡的婴儿
依偎在大海母亲的怀抱
海面上吹来的风
轻声吟唱着
古老的传说

日光岩上
炽热的太阳
融化了一切
心灵的隔阂
让游人的笑脸
绽放成三月的桃花

而远方
大担岛、二担岛
还有台湾岛

漂泊的影子
在母亲沧桑的
目光注视下
若隐若现
若即若离

我知道
这样的日子久了
生活的滋味很苦
如果有一天
所有的孩子
都能在大树的
庇荫下安然熟睡
我们的先人
即使在地下
也会舒展笑靥

2016 年 3 月 31 日于西安

贺兰山赋

亿万年前
一匹黑色的骏马
裹挟着蒙古高原
凛冽的风
呼啸而来
在望得见
黄河的沙漠边沿
饥渴而死后
沉寂成一座雄伟的山脊
从此，蒙语贺兰
就成为这条山脉的名字

在蜿蜒起伏的
长城烽燧上
狼烟无数次
升腾又熄灭之后
贺兰山张开双臂

唤醒了一个神秘王朝的
异军突起
那西夏军队
厮杀的阵阵铁蹄
一度惊诧了
范仲淹
塞下秋来风景异
的雄浑诗句

而今，贺兰山
依然巍然耸立着
弥漫的硝烟
已经从历史中消散
西夏陵璀璨的建筑
已经被腾格里沙漠
无情地炙烤成
干枯的遗迹
但黄河依然在
静静地流淌中
滋养着湖城银川
黄河的子孙
也挺拔成贺兰山一样
健壮的体魄

2013 年 12 月 23 日于西安

黄　河

黄河从呱呱坠地的
巴颜喀拉山
趔趄着脚步
走过三江源宽阔的草原
在倒淌河
稚嫩的步伐
曾经被迫折返

但奔向大海的信念
在冰川融化的时刻
已经铸就
即使在大山的阻隔中
千回百折
也要执着向东

为了积蓄山洪暴发的力量
黄河一路兼收并蓄着

每一滴水
甚至水里的泥和沙
千百年来
黄河就是这样
在默默地流淌中
等待时机

终于，在无数次粉身碎骨的撞击中
在穿越沙漠的死亡跋涉中
在晋陕大峡谷威严的挤压中
黄河以他不屈不挠的气势
喷涌而出
一路荡涤着尘埃
扑向大海

从此，黄河流淌的区域
成为一个民族的摇篮
成为一个文明的发祥地
黄河的子孙
肤色也被浸染成黄色
他们的灵魂
被波涛汹涌的黄河
赋予了一往无前
万死不辞的血性

2013年11月3日于西安

泾川印象

伫立在泾川
厚重的热土上
我的目光
被大云寺高耸的塔尖
牵引着走进
范仲淹
塞下秋来
风景异的诗情画意中

巍峨的回山之上
西王母宫不朽的雕塑
一直诉说着泾川
璀璨的历史
田家沟秀美的风光
让我读出了
采菊东篱下的
悠然与闲适

滔滔的泾河水
日夜川流不息
讲述着先人们
浴血戍边的艰难往事
完颜寨残存的遗迹
至今还在诠释着
泾川大地
波澜起伏的历史传奇

泾川，你是傲然挺立的脊梁
千百年来
何曾在敌寇的铁蹄下
臣服和弯曲

无论我在哪里
你都是我
思想和灵魂
皈依的圣地

2017 年 4 月 12 日于西安

兰州印象

这是黄河
唯一穿城而过的
辉煌都市
因为水的滋润
从此，在西北高原
干涸的黄土群山簇拥中
便有了飘逸的灵性

皋兰山上
滚滚的狼烟
千百年来
从未熄灭
历史的风尘
有时遮天蔽日
有时轻扬漫舞

唯有黄河母亲
的抚慰与爱
是永恒不变的
无论你有多少
心酸的泪水
都会接纳、容忍
从不嫌苦
绝不嫌涩

这是一座
暗淡了刀光剑影
远去了鼓角争鸣的
金城汤池
因为，兰州
已经浇筑在
我们流淌的血液里

2017 年 2 月 9 日于西安

青海湖随想

在日月山
冷冷的注视下
倒淌河一头扎进
青海湖母亲的怀抱
从此忘记了
东流入海的梦想

唯有雪山
屹立在你的周围
不离不弃
还有夏季盛开的油菜花
始终绽放着
藏民幸福的笑靥

我第一次站在你的面前
就被你浩瀚的蔚蓝色
深深地陶醉了

就像昨夜喝多了
青稞酒的牧民
红扑扑的脸上
呼着热腾腾的白气

为了一睹你的尊颜
我看见朝圣者
一步一磕长头
用心丈量着
你的博大胸襟

我知道
在这高原之上
唯有你是慈祥的
作为子孙
我们唯有匍匐在地
才能感受到
母亲温润的呼吸

2017 年 10 月 2 日于西安

去黄河

去黄河的路上
我看见
黄土高原
跌宕起伏的沟壑
蜿蜒成母亲
额头上密布的皱纹
千百年来
诉说着先人们
泣血的往事

壶口瀑布
黄河裹挟的
滚滚泥沙
沉积成我们
黄褐色的肌肤
而汹涌的波涛
咆哮成一个民族

不屈的旋律

此刻，黄河岸边
盛开的桃花
正演绎着春天的热情

2015 年 11 月 24 日于西安

陕　北

这里是王昭君
出塞的路途中
回眸故乡的泪水
曾经渗透的热土
至今，戍边将士
沉沙的折戟
还在呼啸的北风中
吟唱着淡淡的忧伤

这里是沈括的
《梦溪笔谈》里
流淌出石油的地方
是鲁提辖拳打镇关西后
逃命的避风港

这就是陕北
一个曾经喋血的古战场

成吉思汗滚滚铁骑的
阵阵呐喊
犹在无定河水中回响

这就是陕北
一个依偎在
黄河母亲怀抱里的
赤膊的汉子
尽管千百年来
沧桑的岁月
剥蚀了青春的活泼
无数的沟壑
雕刻在每一处肌肤
但在蜿蜒起伏的长城脚下
繁衍生息的陕北子孙
从《山丹丹开花红艳艳》的歌声里
唱出的壮阔史诗
成为一个共和国崛起的基石

2013 年 11 月 6 日于西安

太白山偶感

太白山
屹立在祖先
巍峨的龙脉之上
千百年来
默默注视着
八百里秦川
喋血的荣辱兴衰

明修栈道
暗度陈仓的传奇故事
已经演绎成
一个民族不朽的智慧
眉户剧悠远绵长的曲调
至今还陶醉着
故乡的父老乡亲

走在空旷的田野上

我时常能够看到
母亲温暖的目光
洒落在香椿树
朴素的清香之上

太白山就像是父亲
永远沉默寡言
无论我在哪里
都是我一生
最伟岸的风景

大爷海痴情的泪水
始终流淌在我
思念的梦中
而西府的醋和美食
早已固化了我的味蕾
即使远隔千山万水
那淡淡的酸楚
总能安抚
我彻夜的难眠

2017 年 5 月 22 日于太白山下

望长城

长城
从遥远的历史尘埃中
蜿蜒走来
那滚滚的狼烟
至今还在
故乡村头的
老屋上飘荡

那喋血的呐喊
已经融进
祖先的血液
所以，千百年来
我们从未在
敌人的铁蹄下
绝望

长城穿越了

我一生的时光
那残垣断壁上
挂满的忧伤
已经结痂成
黄土原纵横交错的
沟、塬、峁、梁

我在长城脚下
荒芜的风沙地上
把沧桑的时光
腌制成风干的
月亮之后
一遍遍眺望着
驼铃
何时再响

2016 年 3 月 22 日于西安

无定河

无定河
从黄土高原
最贫瘠的角落出发
流过古长城
弯曲的倒影
在统万城残垣断壁的注视下
汇聚起戍边将士
无尽的血泪
一头扎进
黄河母亲的怀抱

无定河
因为地壳的运动
因为山洪的咆哮
因为沙漠的侵扰
亿万年来
你匍匐在大地的身躯

从未伸直、舒展

但你滋养子孙的愿望
从未破灭
你反哺黄河母亲的梦想
从未失落

尽管你是孱弱的
尽管你是卑微的
但你就这样
默默地承受着
西北高原上
风的折磨
沙的蹂躏
你知道
只要坚持
只要存在
就能孕育出
生命的奇迹

2013 年 11 月 5 日于西安

西湖的水

西湖的水
在苏东坡
深情的注视下
清澈成浓妆淡抹
总相宜的西子
千百年来
迷恋了多少
文人墨客
痴情的诗意

断桥边上
许仙和白娘子
动人的传说
至今还在
燃烧着爱情的火焰

雷峰塔已经

倒掉了
但法海的无情
还在世人的眼中
发酵、泛滥
人们无法相信
一个智慧的长者
怎会如此决绝地
斩断美丽的白蛇
修炼了一生的姻缘

我在西湖的白堤上
品味着龙井茶
淡淡的滋味
让花港的鱼
还有三潭的月
一起演绎成
江南的好

2016 年 3 月 31 日于西安

游长江三峡有感

白帝城
刘备托孤的悲哀
在冰冷的江水中
浸泡了千年
无数将士
喋血的呐喊
也未能挽救
一个王朝的危亡

神女峰上
善良的巴蜀姑娘
早已矗立成
一块僵硬的巨石
默默地聆听着
千古兴亡的传说

浓烈的川江号子

渗透进嶙峋岩石的
先人们凄惨的血泪
壮大着我们
这些河的子孙
赤膊的胸襟

在惊涛拍岸的
历史长河中
沐浴成长的
龙的传人
在一次又一次
壮士断腕的涅槃中
终于挺起了
桀骜不驯的脊梁

2014 年 5 月 4 日于西安

在沙坡头

在沙坡头
黄河千年的叹息
从古老的水车上
一声一声落下

沙坡鸣钟
低沉的回响
在夕阳的伴奏下
把悠远的驼铃
敲打成唐代
边塞诗人壮美的诗意

而我的目光
被包兰线上
疾驰而过的列车
牵引着走过
雄浑的戈壁、沙漠

洞穿残破的烽火台上
孤独的狼烟

我看见
无数戍边将士
喋血沙场
在风的悲鸣中
埋葬他乡的忠骨
诉说着坚贞不屈的爱情
与对故土的思念

2014 年 3 月 21 日于西安

在山西

在山西
我看见巍峨的
雁门关外
蜿蜒的长城
还在诉说着
先人们浴血戍边的
艰难往事

而太行山上
陡峭的峰峦
刺刀的拼杀
仍然怒吼着
抗日的火焰

滔滔的汾河水
穿过晋祠
辉煌的历史
走过平遥古城

璀璨的灯火
陪伴着晋商
悠远的驼铃
一头扎进
黄河母亲的怀抱

我不是山西人
无法从那
跌宕起伏的
黄土高坡上
辨别童年的足迹
但在古朴的窑洞前
与沧桑的大柳树下
我一样读出了
母亲深情的呼唤

山西，你其实
就是父亲的
一部《史记》
一半是屈辱
一半是荣光
一半是泪水
一半是思念

2016 年 4 月 10 日于西安

致金沙岛（一）

徜徉在金沙岛
薰衣草神秘的紫色
与浪漫的爱情
陶醉了我思念的脚步

这一碧万顷的湖水
在腾格里沙漠的
粗犷怀抱里
摇曳着迷人的风姿
荡漾在多少
游人痴情的梦里

这里是我
久别的故乡
在我流浪四方的日子
金沙岛蜕变成
靓丽的少女

一夜之间
妩媚了天下
所有的诗情与画意

我知道
我虽然老了
但金沙岛依然
美丽成我梦中的情人
滋润着
我渴望回家的
泪水与心灵

2017 年 9 月 24 日于中卫金沙岛

致金沙岛（二）

金沙岛
像一块翠绿的纱布
熨帖在沙漠
吞噬故乡的
瘀血之处
千百年来
从未退缩干枯

我的思绪
掠过钟鼓楼
璀璨的飞檐
翱翔在金沙岛
浩渺的碧波上
沉浸在秋风
描摹的乡音里

我爱金沙岛

这葱茏的绿
仿佛母亲宽厚的手掌
总能抚平我悲伤的记忆
我也喜欢那
澄澈的湖水
像是母亲安详的眼神
总能看穿
我幼稚的愚昧

在金沙岛
绚丽的花海漫步
我瞬间醉倒在
游子回乡的梦里

2017 年 9 月 25 日于宁夏中卫

致天水

或许是上天
一见钟情的缘故
用一生清澈的泪水
在黄土高原
瘀血的腹部
镌刻出一个湿润的名字
——天水

从此，在先人们
绝望的期盼中
一片葱茏的沃土
醉倒了李白
豪放的诗意

伏羲庙
恢宏的气势
千百年来

流淌在渭河源头
不眠的涛声里
不知淹没了
多少烽烟往事

麦积山绚丽的石窟
至今还在世人
惊诧的目光中
倾诉着无数美丽的传说

我不是天水人
但我渴望成为
风中一朵雨做的云
渴望在初春的时节
透过一场淅沥的哭泣
向你表白
我对你痴情的爱慕

2015 年 3 月 17 日于北京

雪落在沙漠上

雪静静地落在
荒芜的沙漠上
就像漂亮的白天鹅
落在村外
的河滩之上
泥垢还在
但雪的纯洁
依然如故

这冬天的雪
其实很感人
没有炽热煎熬
没有秋风摧残
不到四野空旷
的萧瑟时节
轻易不会捧出
洁白的哈达

走在雪花飞舞的
沙漠之上
我的思绪
被呼啸的北风
撕扯成孤独的驼铃
至今响彻在故乡
遥远的树梢之上

如果说沙漠
是故乡滚烫的影子
那飘洒的雪花
就是一个游子
看到亲人时
晶莹剔透的泪滴

2017 年 10 月 22 日于西安

汉江的传说

这里是一个
叫汉人的民族
崛起的源头
是一条
流淌着祖先
喋血厮杀故事
与传说的河流

曾几何时
无数金戈铁马
踏破故乡
袅袅的炊烟
撕裂了多少
风平浪静的日子

有汉江流淌的地方
总有生命的奇迹

那汉中大地
盛开的油菜花
不知迷醉了
多少痴情男女的心

在汉江之北的
汉阴小城
民国大儒
沈尹默飘逸的
书法遗迹
滋养了
厚重的文化气息

漩涡古镇上
层层叠叠的
凤堰梯田
金黄的稻浪
支撑起多少
人生的渴望

这就是我
挚爱的汉江
一个孕育了
辉煌历史
与无数先贤的

钟毓灵秀之地
无论我在何方
那灿烂的光芒
始终沐浴在
我疲倦的额头上

我爱我的汉江
一直以来
它就像新鲜的血液
始终流淌在
我灵魂的深处

2016 年仲秋，尝游汉阴、安康诸地，深感这里文化厚重，人杰地灵，欲以诗记之，竟不能得。历时一年有余，今终喷涌而出，甚觉欣慰！

2017 年 12 月 27 日于西安

我心中的海南岛

亿万年来
这座岛屿
北望大陆的
深情姿态
从未改变

南海之上
肆虐的台风
从未阻隔
先人们渴望
回家的脚步

北部湾
滔天的巨浪
从未迟滞
这片土地
赤膊的子孙
魂归故乡的热泪

这就是海南岛
一个弥漫了
醉人椰风的
丰腴美人
黄道婆编织
土布的声音
至今还在
历史的经纬里
浅唱低吟

东坡书院
饱蘸的文墨
挥洒而出的
诗情画意
已经璀璨了
一千多年

五指山
撑开的手掌
像定海神针
牢牢扎根
在母亲的怀抱里
生生死死
不离不弃

2018 年 2 月 15 日于海南儋州市

在天涯海角

在天涯海角
我看见
浪花拍岸
卷起的千堆雪
击碎了嶙峋礁石
高傲的寂寞
我却没有一丝
同是天涯沦落人的
凄凉感觉

金色的沙滩上
灿烂阳光
娇艳成妩媚风景
陶醉了我
来自北方的
孤独与寒冷

海边的风
温润呼吸
诱惑着我
在汹涌澎湃的
浪花里流连忘返
一不小心
踏破无数恋人
甜蜜的浪漫

这时候
我多么渴望
成为一只
小小的海燕
用尽余生
展翅翱翔
痴情表白
我对大海
一世的夙愿

2018 年 2 月 9 日于海南文昌市

重庆印象

在我的梦里
重庆古老的传说
与不朽的美食
始终诱惑着
我清贫的食欲
千百年来
那无尽的
川江号子
不知唱走了
先人们多少
悲惨往事

还有那醇香的
小面、火锅与香肠
不知点燃了
多少游子
回乡的渴望

在狼烟四起
烽火连天的岁月
重庆摇摇晃晃地
站立成一座
微弱的灯塔
点燃了绝望的人们
最后的希望

站在朝天门
喧嚣的码头上
我看见嘉陵江
一头扎进
长江的胸襟
那汹涌的波涛
磅礴的气势
让我潸然落泪

江山永固
江水有情
如果不是
这一江春水
我苦难的母亲
何时能够
洗去悲哀的眼泪

今天的重庆
美丽娇艳
只要天地还在
你就是我
生生不息的渴望

2018 年 1 月 1 日于重庆

走进湘西

这里是苍天
练功的道场
那巍峨的峰峦
似太极
如八卦
惊诧了我
迷离的眼神

我是这片土地
虔诚的子孙
千百年来
金鞭溪清澈的浪花
与不眠的涛声
不知湮没了
多少往事

这破碎的山体

就像父亲
嶙峋的筋骨
一生跋涉
也未抹去
母亲苦难的泪水

直到有一天
一个叫贺龙的
湘西汉子
用迷人的微笑
与赤诚的情怀
掀起一场风暴
壮大了我们
赤膊的胸襟
现在他的青铜雕像
依然深情注视着
可爱的故乡

山川不朽
江河不朽
比山河不朽的
是湘西人
动感的舞蹈
与火热的眼神

2018 年 2 月 1 日于西安

敦煌的传说

过了瓜州
就能看见
敦煌的影子
戈壁的风
肆虐了千年
也未能阻挡
先人们浴血
戍边的驼铃
洞穿历史的回声

玉门关外
幽怨的羌笛
不知吹落了
多少征夫
辛酸的眼泪

党河的水

从遥远的雪山
蜿蜒而来
孕育了敦煌
这片神奇的绿洲
李广杏酸涩的泪水
早已汇聚成
鸣沙山下月牙泉
不眠的思念

莫高窟
灿烂的文化
点亮了一个民族
昏暗的世纪
敦煌的子孙
至今还在虔诚的心里
膜拜不已

这就是敦煌
一个骄傲世人的
文明高地
无论在哪里
我仰望的目光
从未犹豫

2018 年 3 月 21 日于西安

这是我可爱的家园

未央湖花园
是我们可爱的家园
多少不眠的夜晚
迷恋了我
一世的情缘

春寒料峭时分
那一树玉兰花
冰清玉洁的白
时常会惊诧
我僵硬的表情
迟钝的眼神

还有丁香花
淡淡的馨香
总在若有若无间

治愈了那个
丁香一样的姑娘
浅浅的忧伤

我是一个
探寻石油的汉子
只有回到这里
我粗犷的泪水
才会细腻成
榆叶梅、红叶李
浪漫的春意

我不知道
这一生
还要漂泊
多少艰难的日子
我快乐的根基
就扎根在未央湖
这缤纷的花园里

无论寒冬
无论酷暑
只要陶醉
在这稚嫩的绿茵
我空荡荡的思念

瞬间就会弥漫出
家乡的袅袅炊烟

2018年3月25日于西安

喀纳斯湖的畅想

这是一条
流向北方的河
清澈的溪流
一路念叨着
对故乡的眷恋
蜿蜒消失在
国境线上

但喀纳斯湖
没有走远
还有那
神秘的湖怪
一直撩拨着
人们好奇的心弦

更让我心动的
是图瓦人
淳朴的衣着

熟悉的乡音
传说他们
都是成吉思汗
流浪的子孙

一千年过去了
故乡升起的
缕缕炊烟
至今还飘荡在
游子的心间

天空晴朗时
徘徊在幽深的
喀纳斯湖边
我看见巍峨的
雪山之间
一面鲜艳的
五星红旗
傲然飘扬
在凛冽的风里
就像一团火
瞬间融化了
我冻得僵硬的
思念与泪水

2018 年 3 月 21 日于西安

秦岭秋色

秦岭的秋色
就像母亲纺制的
浑然天成的土布
色彩斑斓中
带有生命的纹理

走在秦岭
深秋的绚丽中
我感到脚步
异常踏实
这雄厚的山体
就像父亲
高大的身躯
为我遮挡了
一世的风雨

那弯曲的小路尽头

有我故乡的影子
袅袅的炊烟
无数次升腾起
母亲慈祥的爱意
不论我在哪里
秦岭的秋色
始终在我
思乡的梦里

在我人生
孤独的旅途中
无论何时
秦岭的潺潺流水
都是滋养我的
甘甜乳汁

2017 年 10 月 22 日于西安

额尔古纳河传奇

额尔古纳河的右岸
是蒙古民族
发祥的圣地
千百年来
一直流淌在
蒙古人
悠远的长调里

成吉思汗
威猛的铁骑
曾经多少次
一路怒吼着
踏过额尔古纳
勇士们手中
高高举起的弯刀
就像流星一样
划过了欧洲

黑暗的世纪

从此这片
肥沃的土地
深深地烙上
华夏子孙
龙的印记
无论何时
这里都是
我们难以割舍
的血肉之躯

站在额尔古纳
河岸的高地
目睹清澈的
河水静静流去
我心里的疼痛
阵阵泛起
如果不是
历史的屈辱
对面的青山里
也许就是祖先的
栖息之地

繁星似锦的夜晚

李白的月亮
就悬挂在
异国他乡的
不眠思念里
这动人的风景
让我瞬间
泪落如雨

2018年7月18日于额尔古纳河右岸的室韦口岸

致庆阳

对我来说
庆阳绝不仅是
环江边上
一座活着的
千年古城
也不只是
周祖陵巍峨的牌楼
与灿烂的文化

很多时候
庆阳是我们的根
无论我们
来自哪里
去往何方
这里汲取的养分
都足以滋润
我们的一生

庆阳是我们的魂魄
离开的日子越久
背井离乡的
感觉越深
多少年来
我时常在城市
璀璨的灯火中
夜不能寐

庆阳是一个
传奇
许多找油的汉子
把苦涩的青春
晾晒成金黄的麦子
醇厚的日子
不知陶醉了
多少陇东姑娘

庆阳是悲壮的
就像一位父亲
即使累垮了
自己的身体
也要让子孙
活得潇洒硬气

庆阳是辉煌的
就像一只
山沟里的凤凰
质朴的
外表下面
其实蕴藏着
妩媚的气质
与闪光的魅力

对我来说
庆阳是平凡的
也是伟大的
就像母亲
无论多远
无论多久
我们何曾走出
慈祥牵挂
何曾超越
那佝偻而又亲切的身影

庆阳
就像空气和水
很多时候
我们漠然视之

但离开它的日子
你会不由地感到窒息

2018 年 7 月 30 日于甘肃庆阳

故土人情

我对你的爱

我对你的爱
是春天的潮水
总在无声无息的时候
从地底下漫出
轻轻地滋润着你柔弱的脚踝

我对你的爱
是高原上蜿蜒的溪流
即使干涸成满脸的褶皱
也要在山洪暴发的一刻
为你流尽所有的心血

我对你的爱
是高天上的流云
总在你渴望甘霖的时候
划出闪电
劈出雷鸣

倾泻出漫天的豪雨后
为你挽上一个彩虹的领结

我对你的爱
是春天里田野上萌生的绿意
是夏日里浓郁的树荫
是秋天里绚烂的色彩
是寒冬晶莹的雪花

我对你的爱
是冰川，是雪山
虽然僵硬、呆板
但这是我生命之河的源头
总在若有若无之间
融化自己
滋养着爱的雪莲花蓬勃生长

2012 年 11 月 20 日于西安

我是你至亲至爱的兄弟

我是你紧握的拳头中
那根纤弱的无名小指
失去你的时候
我也不复有意义

我是你脚下朴实的泥土
在你踩出的泥泞中
我会铭记你深深的足迹
我是你额头雕刻的皱纹
总在你快乐的时候
才会舒展成平整的样子
当我思乡时
你是梦中摇曳的老槐树
那片清凉的树荫
是我一生向往的童年时光

我是你至亲至爱的兄弟

是一种打断骨头
还连着筋的血脉情谊
我是在你幽深的目光中
走出故乡的
却永远走不出
你无尽牵挂
走不出你绵绵情思的兄弟

我知道
在我飘零的日子
你仍在遥远的故乡
注视着我踉跄的脚步
在我跌倒的时刻
你总会从灵魂的深处
给我温暖的搀扶

我是你双手沾满泥巴的老茧
生活的磨砺
在剥蚀着你青春的肌肤时
我心灵的酸楚
与你一脉相系

2013 年 6 月 10 日于西安

我是农民的儿子

我是农民的儿子
我的牙牙学语
在牧童的笛声里
随风飘扬
我的蹒跚脚步
在蛙声的伴唱中
茁壮成长
我的梦想
在稻花香里弥漫芬芳

我是在泥土的气息中
开始编织离乡的行囊
我把汗水渗透进
干涸的土壤
伴着清新的月光
我弯曲的身影
行走在泥泞的山野小径上

当故乡的炊烟
在火车的鸣笛中
渐渐远去
游子的泪水沾满衣裳

但我仍是农民的儿子
在城市的喧嚣里
故乡支撑着我坚实的臂膀
在城市繁华的海洋里
我用清澈的泉水
慰藉着背井离乡的忧伤
用母亲深邃的目光
洗涤思念的迷惘

我是农民的儿子
纵使我革履西装
也遮不住田野上曾经烂漫的花香
纵使我能漂洗肤色的黝黑
但洗不尽胸襟的赤诚

我是农民的儿子
总是在城市璀璨的灯火里
找寻故乡夜空中点点的繁星

2013 年 7 月 15 日于西安

我的女儿

我的女儿
是我生命的缩影
我把父爱折叠成
温馨的摇篮
盛满我一生的期盼
把苦难谱写成
随风飘散的袅袅炊烟

在我离开故乡的时候
女儿稚嫩的哭喊
是一根无形的线
紧紧系住我遥远的思念

在沧桑岁月的磨砺中
命运的艰难
沉积成一座山
压在我弯曲的脊背上

但我的幸福
始终被女儿甜美的笑靥
感染

无论我在何方
无论夜色多么凄凉
女儿憨态可掬的模样
始终缀满我老茧丛生的手掌
即使磨砺出鲜红的血液
我仍然能够体会到快乐时光

2013年8月17日于西安

我的母亲

那天清晨
母亲去世的噩耗
瞬间击碎了
我对故乡最深沉的牵挂
从此，我只能在梦中
触摸她温馨的呼吸

在我童年的记忆中
母亲佝偻的身影
是永远巍峨的山峰
母亲蹒跚的步履
永远挺拔在
我难以企及的高度
没有母亲的时候
我的世界暗无天日

我是在母亲期盼的眼神中

漂泊他乡的
从此，母亲对我的思念
定格成默默无言的祝福
盛满节日探亲的路途
那裹满泥巴的简陋小屋里
升起的缕缕炊烟
成为我魂牵梦绕的圣地

而今，母亲真的走了
我回乡的脚步
沉重得像山
每挪动一次
心里的血就汩汩流出

2013 年 8 月 31 日于西安

我的同学

据说百年才能修得同船渡
如果，不是千年的缘分
我们彼此怎能成为
同桌的你

虽然你青春的背影
已经渐渐弯曲
但你期盼的眼神
依然潜藏在我记忆的深处
你明眸的微笑
依然注视着我
踯躅的脚步
无论我在哪里
你都是我生命的夜空中
最耀眼的星宿

或许，在梦中

你从未走进我的视野
但你的形象
从未变得模糊
当我打开沉淀的乡愁
你温润的气息
散发出浓浓的情谊

你是我漂泊他乡时
遥远思念的归宿
你默默无言的祝福
是我一生创伤的
天然愈合剂

即使分别再久
我们总能相见如故
即使相隔再远
我们也能触摸到
彼此的呼吸

2013 年 11 月 12 日于西安

致老婆

老婆是你流浪远方时
寄往你心间的明信片
那里有你温柔的梦乡
有你缠绵的情语

老婆是你饥寒交迫时
念念不忘的缕缕炊烟
一碗不起眼的拉条面
就能填饱
你一切的欲望

老婆也许不是
你的高山流水
却是你胡乱弹奏的
人生插曲
永恒不变的唯一知音

老婆是你童年记忆中
故乡那棵摇曳的老榆树
尽管干瘪，褶皱密布
但那顽强旺盛的根系
是你跌倒又站起的支撑力

老婆是男人手中的烟斗
在你孤独绝望时
可以点燃你无尽的忧愁
老婆是男人钟爱的烈酒
在你穷困潦倒时
可以激发你
浴血奋战的勇气

老婆，其实真的不是
左手摸右手的感觉
要不，我的指尖滴血的时候
你怎么会有
十指连心的痛彻

2013 年 12 月 21 日于西安

我的泪水

我的泪水
是母亲忧思的梦
总在淅淅沥沥地飘洒中
敲打着不眠的思念

在故乡昏黄的油灯下
母亲纳制千层鞋底
总是在密密麻麻的针脚中
缝进无尽的牵挂

我的泪水是苦涩的
那是用我所有的
苦难磨砺而成
那里有沙尘的粗暴
那里有盐碱地的荒芜

在我孑然独行的路上

当我被自己的泪水
一次次淋湿之后
我把人生的艰苦
酿制成醇香的美酒
醉倒在流浪的远方

虽说男儿有泪不轻弹
但我希望我的泪水
永远不要干涸
因为有泪可流的时候
至少说明我们还有爱
还有忧伤，还有快乐

泪水不是人生
绝望的瀑布
只要洞穿其中
就能触摸到
美丽的彩虹

2014 年 2 月 15 日于银川

我的爱人

我的爱人
在我的心里
你是春夜的细雨
随风潜入，润物无语

因为有你
我孤独寂寞的人生旅途
灿烂成缤纷的花海
零落成泥的时候
仍有香如故

我的爱人
因为有你
我额头渗出的汗水
早已酿成甘醇的美酒
我日渐弯曲的背影
都在秋天

缀满丰收的喜悦

因为有你
我宽阔的臂膀
成为你幸福的港湾
我在奋力抵御
惊涛拍岸的同时
成为坚强的防护堤

因为有你
漂泊的我
有了人生的导航仪
无论走到哪里
我都知道家的方位

2013 年 8 月 18 日于西安

遥望故乡

残雪消融的时候
我踩着春天的足迹
徘徊在故乡的田野上
就像一只褪去了
陈旧羽毛的燕子
在呢喃自语中
执着地寻找
童年的踪影

远方，浩瀚的沙漠
折叠成单调的风景
企图遮蔽
我对故乡的深情

我回来时
嘴里衔的
即使不是

可以果腹的虫子
至少也是
渗透着自己血泪的泥土

这时，我听见
布谷鸟欢愉的叫声
已经将丰收的希望
播撒进人们的心头
而母亲低矮的茅屋里
升起的那缕炊烟
正在呼唤着
游子回乡的脚步

2014 年 3 月 21 日于西安

致老师

还没到寒冬
你的黑发
已经浸染了一层
厚厚的冰雪
你曾经舒展的眉宇
已经被锈迹斑斑的犁铧
雕刻出深深的沟壑
你那曾经明媚的眼神
可否记得我当年
的调皮狡黠

如果说
那些年稚嫩的我们
是一幅简单的素描
没有你执子之手
浓墨重彩地描绘
今天，怎会有我们

绚丽多姿的欢聚

我们就像故乡的天空中
飞过的大雁
每到春暖花开的季节
总会有一种
难忘的思念
萦绕在你的心头

我们是你亲手播撒的
蒲公英的种子
无论被风吹到哪里
总会在你牵挂的梦中
落地生根

我们是你
在家乡的沙土地上
用心插下的红柳
是你用一生的呵护
培育了那粗壮的根系
今天，我们已经
熬过干涸、贫瘠的时光
也必将挺拔成
能够为你遮挡风沙的
一抹绿荫

如果没有你
温暖的搀扶
我不知道
在风雨交加的旅途
我是否能够
走出夜色深沉的迷茫

2014 年 8 月 1 日于西安

祝　福

如果你醒来
有一滴泪水
从你湿润的眼角
轻轻溢出
那是我在呼啸的北风中
盖上思念的邮戳
寄给你梦中的
一团江枫渔火

蒲公英花开的季节
我会把淡雅的清香
梳妆成春天的模样
让布谷鸟欢愉的歌唱
带给你故乡的气息

酷热的夏日
池塘里沸腾的蛙声

让你在漂泊的异乡
品味童年的记忆

芦花飞雪的时候
我把遥远的祝福
系上南飞的雁阵
让你在寒冬到来之前
能够触摸到
我滚烫的呼吸

2015 年 1 月 11 日于西安

母亲在家的时候

母亲在家的时候
我回家的期盼
总是在那低矮老屋
升起的缕缕炊烟中
随风飘荡

我曾经多么渴望
像一只雏燕
早一天
在跌撞中飞出
那低矮的茅檐
粗陋的柴扉

但故乡的风
很温柔
总是在飘雨的季节
让流浪的桃花

撒落在我梦中
使我在清晨
泪满衣裳

母亲在家的时候
我回乡的路
总是蓄满沙枣花
淡淡的幽香

即便是黑夜
我一个人
走在长满荒草的
乡村小路上
母亲慈爱的目光
总是陪伴在我身旁

我知道
无论我回去多晚
母亲都会
守候在窗前
那盏微弱的油灯
总是被挑到最亮
母亲对我的牵挂
已经剪贴在发黄的
窗户纸上

当我离开的时候
我只盘算着
火车的钟点
却没有记起
母亲浑浊的泪光里
那无尽的忧伤

2014 年 12 月 29 日于西安

相　思

一棵相思树
在南国的唐诗中
矗立了千年
至今还散发出
淡淡的幽香

我对你的思念
像一坛尘封的老酒
还未仔细品味
就已醉倒在遥远的路途

我对你的思念
是古往今来
多少人痴情的红豆
只有在你迷人的梦中
才能发芽生枝

我对你的思念
已经沉寂很久了
如果没有你爱的滋润
我不知这心的伤痕
何时才能痊愈

或许在你温润的眸子里
我的影子只是一闪而过
或者在你疲惫的心田
从未有过红豆的记忆
但我仍执着守候在
你飘然而过的芬芳里
就算我还没有等到
春来发几枝的日子
就被你无情地拒绝
我也要让你看清
一个人相思的痕迹
是多么铭心刻骨

2015 年 3 月 17 日于北京

这份情谊，是我珍贵的财富

——为毕业三十年聚会而作

今天，所有欢聚的喜悦
都被潸然而下的泪水
精心收藏进
黄河母亲的怀抱
你温润而甜美的笑靥
像轻盈的浪花
三十年来
一直激荡在
我曾经荒芜的心头

我不知道
如果没有你
遥远的注视
与默默无言的祝福
我人生的旅途
该有多么孤苦

岁月的沙尘
肆虐过多次
但掠走的只是我们
青春的浮躁
和蜕变的容颜
你对我一如既往的
理解、宽容与爱
就像沉寂在地底的石油
看似黝黑、粗陋
一旦点燃
将会照亮一切夜幔

也许你不曾像
淅沥的春雨
总能渗透我干涸的心田
也许你不曾像
秋日的艳阳
总能舒展我的愁眉
但这份情谊
始终是我最珍贵的财富
我将用我的一生
呵护、珍惜

2015 年 8 月 6 日于内蒙古乌审旗

我们是正义的使者

——写在北京盈科（银川）律师事务所成立之际

我们是正义的使者
为了那些孱弱的心灵
在寒风呼啸的季节
能够沐浴和煦的阳光
为了那些凋零的花朵
被践踏成泥土
还存有花的芬芳

为了这正义的使命
我们在黎明前
已经摸索前行了
无数个暗夜
我们瘀血的伤痕
是最好的见证

我们知道
正义的追寻
没有尽头
萦绕在我们心头的
那团迷雾
还没有散去
既然选择成为
仗义执言的化身
就必须让自己
成为一滴清泉
在荒芜的土地上
创造一片葱茏的绿意

今天，正义是一团火
在盈科的火炬中
继续燃烧着
我们是跳动的火苗
即使化为灰烬
也终将无怨无悔

2016 年 1 月 23 日于西安

元宵节给你的祝福

元宵将至的时候
我在北方
回味着你
曾经给我的温暖
让世俗的风
在冷漠的咆哮中
无处藏身
我坚信友情
是这个世界上
最珍贵的财富
因为有你
我的内心
无比富有
团圆的日子
我无以回报
只好把炽热的心
编织成祝福的话语

在无数次
思念的冥想中
遥寄给你

2016年2月21日于西安

远方的你

在遥远的北方
破碎了一地的生活
像筛子一样
过滤了你
无尽的忧伤
流过的时光
从手指缝隙
荒芜了你
青春的面庞

你的人生
就像弯曲的小路
渗透生活的血泪
在午后的阳光下
裸露出清晰的足迹

只有你的心

还散发着
淡淡的幽香
相隔万里
我也能触摸到
你温暖的笑靥

我知道
你不曾期望
我成为一座山
能为你遮挡
一世的风雨
也不曾奢望
我成为一棵树
能在酷热的季节
为你带来一丝清凉

许多年来
我在他乡的流浪中
已经遍体鳞伤
而远方的你
总是在梦里
抚慰着我
思念的迷惘

无论我在哪里

你都是我心中
一轮圆圆的月亮

2016年3月8日于西安

我的故乡

在我的梦里
故乡的影像
从未模糊
那浩瀚的沙漠
一直储存在记忆深处
那长河落日圆的
雄浑诗句
我至今还耳熟能详

在他乡漂泊的日子
故乡的细雨
点点滴滴
总在打湿我
不眠的思念

晴朗的秋日
我能看见

故乡的风
在漫天飞舞的
金色落叶上颤抖
此时，我潸然而下的泪水
湿润了衣襟

故乡是一个人
与生俱来的胎记
无论你在哪里
你都无法切割
那绵延不绝的联系
否则，你内心的痛楚
怎能不在汩汩流出的
血液中阵阵战栗

我热爱我的故乡
只要听到一声
熟悉的乡音
我就能触摸到母亲
温馨的呼吸

2014 年 7 月 17 日于西安

故乡是一滴泪

故乡是我梦中的
一滴眼泪
酸楚中带有
浓厚的滋味
咂摸思念的时候
有时让人心碎
有时让人断魂

我在他乡
流浪的日子
故乡的风
会从四面八方
簇拥而来
吹皱我
痴情的留恋

我从一场

淅沥的小雨中
时常能够读到
母亲寄来的祝福
我也会
从床前的月光中
回想起
池塘里
熟悉的蛙声

故乡是一把盐
看似平淡无奇
但没有你的日子
我将食之无味

2016 年 3 月 31 日于西安

乡　音

乡音是我
离开家园时
沉重的呼吸
无论走到哪里
都难以忘记

乡音是村头的
茅草老屋前
飘荡的炊烟
无论多远
都能嗅到
母亲烹制的美味

乡音是风
总在流浪的日子里
吹皱你痴情的眼泪
乡音是水

无论你在何方
总能洗尽你
所有的疲惫

乡音是童年
吃过的酸菜味道
虽然清淡、质朴
总能满足我
思念的苦欲

乡音是埋在
骨子里的筋脉
只要还活着
就不可能切断

2017 年 2 月 9 日于西安

团圆的日子

团圆的日子
总是期盼
思念是咸的
祝福是甜的
心里是湿润的
遥望你的目光
是悠远无尽的

无论你在哪里
我都能在璀璨的
华灯之上
触摸到你
温暖的气息

你的梦想
就绽放在
盛开的迎春花里

燕子飞来的身姿
正是呼唤你
回家的音符

虽然你走得很远
也许不止
千里的路途
但你回望
故乡的泪水
已经滋润了
那一排浓绿的树荫

等到炎热的季节
我会躺在那
清凉的怀抱里
等待你归来的影子

2017 年 2 月 9 日于西安

今天是女儿结婚的日子

今天是女儿结婚的日子
从此，我贴心的小棉袄
褪去了炽热的温度
我曾经宽广的怀抱
如今只有温馨的
牵挂和思念

你是一株
优雅的白玉兰
作为花匠的父亲
我不能永远守护
你灿烂的微笑
必须让你
绽放在一片
爱意葱茏的沃土上

此刻，执子之手

愿意用一生的
爱与忠诚
陪伴你的护花使者
与你比肩
我一度空荡的内心
无比充实

我依然幸福
依然富足
因为我将
永远收获
你们温馨的浪漫
还有你们爱情的
甜蜜果实

今天，的确是个好日子
我回家时
行囊里
已经盛满
所有来宾
丰盛的祝福

2017 年 7 月 2 日于西安

过年的味道

过年的味道
是母亲烹饪的
粗陋菜肴
散发的滋味
那黑的咸菜
黄的酸菜
还有母亲佝偻着身躯
一刀一刀切出的
手擀面条
至今还珍藏在
我记忆的深处

很多年过去了
我离开故乡时
矫健的步履
已经变得蹒跚
但我心中蕴藏的

过年味道
还是当年的酸楚

我不知道
远在天堂的母亲
是否过得安好
但可以告慰母亲的是
那过年的味道
已经深深地渗透进
我们的血液里
无论身处何地
我们思念的情绪
总会悄然而至

我喜欢儿时
过年的味道
那是母亲用全部的爱
精心烹制的滋味
她给了我健壮的体魄
给了我梦想
让我在他乡的流浪中
从未迷失方向

2017 年 6 月 13 日于山西

我所挚爱的兄弟姐妹

——写给我宁夏大学中文系八一级（1）班全体同学

我们没有血缘
也没有同在
一个屋檐下的
快乐童年
但你们的确是我
所挚爱的姐妹和兄弟

那是因为很多年前的
相识、相遇和相知
我们彼此留下了
太多温馨的记忆
光阴荏苒
岁月如歌
即使我们早已天各一方

你们遥远的注视
与默默的牵挂
依然是我
背负着生活的行囊
在沙漠中艰难跋涉时
依稀可见的
清泉和绿荫

我很幸运
我们成为彼此的
姐妹和兄弟
那是一种胜似
打断骨头还连着筋的
手足之谊
无论我在何方
你们的期盼
都像故乡的月亮
时刻高悬在
我的梦里

因为有你们
我人生的旅途
从来没有孤独
我前行的脚步
从来没有旁逸斜出

我们青春的白杨树
早已被肆虐的风沙
褪去了青涩的外皮
我们的根系
早已深深地扎进
脚下的泥土里
头顶的枝叶
已经开始发黄
有的甚至掉落
但我们更渴望阳光
渴望雨露
渴望彼此的搀扶

遥望远方
虽然前路依旧迷茫
但因为有你们
我所挚爱的姐妹和兄弟
我坚信
乌云的背后
必定会有彩虹

2017 年 6 月 15 日于银川

我的兄弟姐妹

我的兄弟姐妹
我们是一棵
苦瓜秧上结出的果实
青黄不接的时节
最先成熟的那一个
就成为母亲眼中
可以果腹的车前子
从根子上
就带着泥土的腥味

我是幸运的那一个
在大旱连连的日子
恰逢一场春雨
茁壮成成熟的样子
从此我在繁华的城市
用播撒的汗水
默默耕耘寂寞和孤独

时光的小溪
已经流淌多日
我曾经舒展的眉头
已经布满褶皱
但我的肤色
至今没有改变
依旧如浩瀚的沙漠
在午后的阳光下
闪烁着粗犷的光泽

我的生命之树
依然深深地
扎进故乡的泥土
那密如蛛网的根系
就是我们
情同手足的证明

2017 年 5 月 28 日于西安

致我的故乡新滩（一）

那是一个
曾经荒凉的村庄
我捡拾牛粪时
走过的小路
至今还在记忆的深处
蜿蜒曲折
我牧马时哼唱的小曲
时常慰藉着
我思乡的忧郁

我离开故乡
已经很久了
那浩瀚的沙漠
已经模糊了我
清澈的视野
那娇嫩的冰草
婀娜的红柳

还有那诱人的
沙枣果实
一度迷失在
我流落他乡的梦里

但我知道
就是在那苍茫的
盐碱地里
我的根永远地
扎进泥土深处
无论走多远
那熟悉的乡音
总能唤醒
我挚爱的亲情

2017 年 9 月于西安

致我的故乡新滩（二）

我的故乡
千百年来
静静地矗立在
腾格里沙漠的边缘
那四方敦
高鸟敦残存的
长城烽燧遗迹
演绎着先人
悠远的往事
熏陶了我们
一代又一代后人

那巍峨的黑山嘴上
破败的碉堡
曾经无数次
引诱我冲动的梦想
多少次带领着

小伙伴们
模仿着解放军的样子
向着山头发起冲锋

多少年过去了
走过了无数山川大地
但故乡的云
依旧飘荡在
记忆的深处
那西沙滩
葱茏的沙枣树林
依旧有我钟情的美味

我发现我的故乡
虽然并不完美
却潜藏在
每一个游子
深深的思念里

2017 年 9 月于西安

我的中八一（1）

有感于德敬兄《我的中八一（1）》，

其言辞恳切，情真意浓，吾情不自禁，诗以记之！

这是一个让人
温暖的名字
时常让流落
他乡的我
潸然泪下

你不是故乡
但是我漂泊的灵魂
宁静致远的地方
你们不是我的同胞兄弟
但我们之间有着
打断骨头连着筋的
手足情谊

你是我饥肠辘辘时
摇曳在地平线上的
滚滚麦浪
是稻花香里
数说不尽的丰年
你不是我的
梦中情人
但是我一生
无尽的牵挂和思念

寒冷的冬季
无论刺骨的北风
多么肆虐
我都能读到
你们遥远的祝福

无论相隔多远
无论身在何处
你们殷切的目光
总能穿透浓重暗夜
照亮我艰难的脚步

在人生的旅途
很多时候
我就像一只

落单的孤雁
一个人徘徊在
浩渺的天际
但总有远方
温润的风
徐徐吹来
带给我母亲一般
深情的呼唤

我们是形态各异的
翡翠或者顽石
我的中八一（1）
就是那根无形的线绳
总能把我们串成
如意的珠串

2017 年 10 月 1 日于银川

火红的柿子

火红的柿子
很像儿时
母亲生起的
一团篝火
浪迹天涯的游子
无论多远
都能感受到
丝丝暖意

看着这蔚蓝的天空
我仿佛读到
母亲纯净的眼神
让我的心里
容纳不下
一点尘埃和污垢

这就是故乡

这就是亲情
看似简单的构图
却是我生命的全部

我不想再流浪了
我要回去
我要在浩渺的
蓝天注视下
用火红的柿子
点燃生活的激情

2017 年 10 月 6 日于西安

我的情人

人们都说
情人眼里出西施
可是，几十年了
我竟不知
西施为何人

因为卑微的生活
已经将我的
梦中情人
折磨得失去了
靓丽的颜色

那白发的沧桑
就落在
你曾经飘逸的
黑色瀑布之上

你澄澈的眼神
曾经陶醉了
我痴情的思念
我追逐你
迷人的背影
从未后悔

岁月静好
磨难如风
所有的脚步
都会变得蹒跚
所有的青春
都会褪色
所有的桃花
都将零落成泥

我的西施
就是老婆
就像空气与水
我们是须臾
不可分割的情人

2017 年 2 月 14 日于西安

故乡的秋天

只是瞥见
那一缕金黄色
瞬间便绚烂了
我人生单调的季节

那一阵秋风
掠过丰收的田野
炫耀着苹果
或石榴妖娆的姿色
迷恋了多少
游子的脚步

湛蓝的天空
就像母亲慈祥的眼睛
始终沐浴着
我在故乡的小路上
徘徊的身影

悠闲的白云
抹去了夏日的阴郁
在时空的调色板上
挥洒着诗情与画意

这就是故乡的秋天
没有红叶的艳丽
没有胡杨林
傲然屹立的绝美
但在我的心里
故乡田野上
一望无际的麦浪
始终在我
记忆的深处起伏

2017 年 10 月 19 日于西安

故乡的柿子树

当我离开故乡后
故乡就隐藏在
我的梦里

那瓦蓝的天空中
飘荡的白云
时常送来
故乡的气息
让我在流浪的日子
能够品味
母亲慈祥的眼神

那火红的柿子
就是故乡
最甘甜的记忆
多少年来
我们始终陶醉在

柿子树下
捉迷藏的迷梦里

故乡的秋天
已经不是
儿时的样子
但我对故乡
思念的泪水
从未改变
苦涩的滋味

2017 年 10 月 20 日于西安

冬日的银川

冬日的银川
像一个熟睡的婴儿
静静地依偎
在贺兰山
粗犷的怀抱里
黄河母亲
横卧在脚下
一年四季
用轻轻的波涛
哼唱着古老的童谣

海宝塔高耸的塔尖
凝望着残破的
古长城滚滚的狼烟
燃烧了悠远的
西夏王陵
璀璨的遗迹

历史的脚步
就像西北风
一路呼啸着
翻过贺兰山
洗劫了先人们
痴情的梦境

此刻，湛蓝的天空下
冬日的银川
出落成娇艳的美人
修长的脖颈上
系着飘荡的白云
优雅的风姿
不知迷惑了
多少游子
思乡的泪水

我是银川
养育的子孙
无论我在哪里
这冬日的银川
始终雕刻在
我心灵深处

2017 年 12 月 23 日于银川

我可爱的燕鸽湖

温暖的阳光
泼洒在晶莹的冰面上
慵懒的雪
铺展成洁白无瑕的毯子
呼唤着春风
料峭地打着滚
绝尘而去

唯有杨柳依依
婀娜着柔媚的风姿
痴情地等待
爱你的汉子
早日归来

流浪的白云
带来亲人们
无尽的思念

飘荡在辽远的天空
远处的高楼
璀璨的灯火
始终闪烁在
游子漂泊的心里

2018 年 1 月 21 日于银川

在海边

在海边
聆听海浪
此起彼伏的呐喊
总也唤不醒
礁石坚硬的残忍
还有什么
好说的呢
或许放手
才是这世间
最美好的祝福

但我依然
喜欢看海
看海的无边无垠
潮起潮落
如果不是
对大地一往情深

怎会有海浪
生生不息的
波涛汹涌

我坐在海边
把自己坐成
一块岸边的礁石
也渴望拥入
海的怀抱
让那干涸已久的思绪
湿落成沙滩上
深深的足迹

2018 年 2 月 10 日于海南文昌

高庙怀想

曾经高庙
就是这座城市
最高的建筑
站在这里
我能看见
浩瀚的大漠
蜿蜒的边墙
翠绿的田野
还有飘散着
袅袅炊烟的村落

面对城市
崛起的森林
现在的高庙
的确已经失却
昔日的巍峨
但是一进山门

我依然能够
看到弥勒佛
开怀的笑颜
还有高僧大德
诵读佛经的
神圣与庄严

我是中卫的子孙
我深深地知道
在中卫人的
精神世界里
高庙永远是
一座不朽的丰碑
高庙所孕育的
灿烂文化
就像流过
美丽渠的黄河水
早已渗透进
我们的血脉
今生今世
只要听见
那熟悉的乡音
我就会醉得
一塌糊涂

2018 年 4 月 23 日于西安

渴望的家园

这一湖水
守望着石油人
温馨的家园
红嘴鸥
自由飞翔
带来故乡的
无尽思念
淅沥成昨夜
一场春雨
湿透了干涸的
梦想和日子

杨柳依依
杏花飞舞的时节
那些在跌宕起伏的
黄土高原上
追寻黑石油的汉子

用北飞的雁阵
在浩瀚蓝天
书写着忠诚与爱恋

绵延不绝的群山
蜿蜒无尽的路途
让我们回家的脚步
多么艰难
多么困苦

但燕鸽湖
浪漫的春风
早已在游子
荒芜的心头
播种下妩媚绿意
还有妻子
梦中的甜吻

2018 年 4 月 12 日于西安

挖野菜

挖野菜的时候
我看见
蜿蜒的河堤上
杨柳的新绿
沐浴着春风
翩翩起舞

桃花开了
杏花醉了
所有的秀色
都成为
清冽的河水
垂涎的美餐

唯有归来的燕子
吟唱着思乡小曲
飞翔在

明媚的春光里

我愚钝了
一个冬天的目光
还没有清醒
就无声无息地
被这片绿意迷醉

挖野菜的人
像贪婪的兔子
灵敏的嗅觉
似乎已经
品尝出这野味
滋滋的香气

而我在空洞的
惆怅寂寞中
怎么也咀嚼不出
母亲烹调的
家乡美味

2018 年 3 月 27 日于西安至银川飞机上

清晨的茶园

薄雾弥漫
像一层轻纱
笼罩着山村的
安详静谧
苍翠欲滴的山岭
像一道屏风
将这茶园的
憨厚朴实
梳妆打扮成
楚楚动人的
小家碧玉

温润的风
沉浸在透明的晨曦中
顾盼自怜
蜿蜒曲折的
细小河流

彻夜不眠
低头讲述着
浪漫的爱情故事

还有痴情的桂花树
风雨无阻
始终静静守候在
茶园的深处
直到桂花飘香的时节
那绝望的恋情
凋零成枯萎的落叶

在茶园
我贪婪呼吸
仿佛一辈子
从未如此富裕

2018 年 6 月 16 日清晨于安康平利县龙头茶园

中卫鼓楼

中卫鼓楼
像一位睿智的老人
伫立在城市的
十字街头
已经很久了

长城外边
浩瀚沙漠里
悠远的驼铃
至今还在
这座城楼
“北控边陲”的
遒劲匾额上
虎虎生风

瘦骨嶙峋的香山
是操劳过度的父亲

默默守候在
黄河岸边
栉风沐雨一辈子
从来没有洗尽
“香岩对峙”的狼烟
即使倒下
化作石头
也要成就硒砂瓜
不朽的传奇

风从四面八方
簇拥而来
吹皱鼓楼
不眠的思念
加盖“爽揖西沙”
炽热的邮戳
寄往“锁扼青铜”的远方

我是在中卫鼓楼
慈祥的瞩目中
走出故乡的
几十年来
这辉煌的城楼
始终是我
萦绕心头的影子

无论我在何方
总是与我
寸步不离

2018 年 4 月 23 日于西安

宁大礼赞

——献给我的母校宁夏大学成立 60 周年

巍巍贺兰山下
滔滔黄河岸边
一所大学
辉煌了一个自治区
六十春秋的华诞
这就是我们的母校
——宁夏大学

遥想初创当年
戈壁滩上
肆虐的风沙
虽然剥蚀了恩师
青春的容颜
但盐碱地苦涩的泉水
却没有泯灭
莘莘学子

艰难求学的梦想

也许，当年的我们
是并不起眼的
微弱小草
但在母校的怀抱
我们茁壮成长为
一片葱茏的绿茵

也许我们是
干瘪的红柳枝
但在老师
谆谆的教诲
与慈祥的目光里
我们崛起成为
一片能够抵御风寒的树林

光阴似箭
我们的母校
走过坎坷、走向绚丽
那平凡的校园小路
那简陋的教室
孕育的参天大树
已经遮挡了
无数凄风苦雨

花甲轮回、日月如梭
我们的母校
早已焕然一新
那巍峨的教学大楼
犹如一张靓丽的名片
清晰地展示在
所有师生的眼前
那悠然的宁大湖
用澄澈的湖水
洗涤了
无数孩子迷茫的眼睛

这就是我们可爱的母校
我魂牵梦绕的宁夏大学
离开你
我就像一个漂泊的风筝
不知人生
如何安然落地
你是朴实的泥土
从不拒绝
我们歪斜的脚步
你是春花
待一场雨后
零落成泥碾作尘

只有香如故
你是秋实
从未让饥饿的我们
饥肠辘辘

新的时代
新的挑战
新的战鼓已经擂起
新的号角已经吹响
我们可爱的母校
已经再度扬帆起航
作为一名水手
我们必须竭尽毕生之力
奋力划桨
才能到达胜利的彼岸

2018 年 5 月 24 日于内蒙古鄂托克前旗

什么是父亲

所谓父亲
就是一个
渐渐老去的男人
曾经的风流倜傥
英俊潇洒
已经被生活
烟熏火燎成
风干的腊肉

花白胡须里
渗透沧桑岁月
悲壮往事
哽咽的喉头
或许还经常咽下
屈辱的泪水
与打碎的牙齿

我一样
也是一个父亲
我的书生意气
早已沉淀成
额头的皱纹
激扬的文字
发黄成旧报纸
孤独地躺在
书柜角落里
无声无息

作为父亲
我站在秋天的
十字路口
回眸往事
脚下的土地
或许贫瘠
囊中的收获
依然羞涩

但我很知足
我的幸福
其实就是
那些陪伴孩子
成长的日子

总是在平淡中
孕育着快乐气息

岁月的风霜
已经抚平了
命运的涟漪
但父亲的使命
就像休眠的火山
一旦爆发
就会毫不犹豫
燃烧自己

2018 年 6 月 17 日于陕西安康汉阴

哲思短语

2017 年的第一场雪

雨水该来的季节
雨水没来
雪倏忽而至
正是好“雪”知时节
当春乃发生

这雪像是一群
轻盈的芭蕾舞者
在风的导演下
演奏着一场
冬天对春天
痴情的哭诉

我喜爱这雪
有冬的风骨
而无冰的刺激
有春的情愫

而无花的媚意

雪就是雪
无论下得多晚
只要是雪
就必须要有
晶莹剔透的气质

我
一个漂泊的游子
无论走到哪里
故乡的雪
总会落到
我的心里

2017 年 2 月 21 日于西安

白　杨

在黄土高原
单调的背景上
一棵白杨突兀耸立着
仿佛一只
安详觅食的长颈鹿
那高昂的头颅
任凭白云的轻吻
太阳火辣辣的炙烤
也不肯低垂

是你天然的秉性吗
是你不忍目睹
脚下这片贫瘠的土地吗
不然，你怎么会
这么固执地
始终保持警觉的姿势

我知道
就在昨天
你梦想的种子
刚刚落入泥土
你心中的渴望
刚刚抽芽
你满腹忧郁
在漫长的等待中
期盼一场细雨的滋润

在此之前
你必须收拢所有的枝条
紧紧抱成一团
以抵御任何风暴的袭击

2014 年 8 月 5 日于西安

春日寄语

春天是艳丽的美少女
每天都在变换着
五彩缤纷的裙子
有时桃花粉嫩
有时梨花雪白
有时杏花娇嗔

春天也是多情的
只要一阵轻柔的风
徐徐吹过
感动的眼泪
就会淅淅沥沥
下个不停

但我更喜爱春天的
平凡与朴实
一个人静静地

走在春天的旷野
一不小心
你就踩到了
那葱茏的绿意

我更喜欢匍匐在
泥土之中的苦苦菜
还有车前草
那宽厚肥美的叶子
曾几何时
果腹了我童年的
饥肠辘辘

我还喜爱
我的农民父亲
在土壤里播撒的种子
那么孱弱
那么渺小
但只要有一丝的
春风化雨
就一定能茁壮成
一家人满满的幸福

2017年5月30日于西安

冬天的情话

冬天像一位
朴素庄严的长者
用凌厉的北风
呼啸着童年的往事
让光秃的树枝
讲述着岁月的
沧桑和无情
有时也会
用一场雪
掩盖大地的荒凉与赤裸

我喜爱冬天的
简单与朴实
那么无边无际的旷野
没有鲜花盛开
没有绿意葱茏
但仍有深埋在地下的种子

悄悄地做着回春的梦想

冬天是严厉的
一切腐朽的枯枝败叶
都将化为泥土
哪怕曾经绚丽绽放
哪怕曾经硕果累累
到了冬天
该收藏的必须收藏
该尘封的必须尘封
只有断然丢弃过去
才能开始新的日子

冬天是无情的
但心是暖洋洋的
要不燕子归来的时候
怎会有轻柔的柳枝
随风荡漾

2017年6月13日于山西

感悟生命

生命，有时脆弱得
像一根蜡烛上
颤抖的火苗
一个风的喷嚏
就能吹灭
那温暖而光亮的闪烁

但我们不能惧怕
这倏忽而至的
风的侵袭
甚至不能埋怨
生命的蝉翼
如此易折

纵然是一滴水
在渗透进干涸的
泥土之前

也要尽力折射出
太阳的一丝光辉

或者像一棵草
在被他人
无数次践踏之后
也要卑微地匍匐在地
只为增添地平线上
那抹淡淡的浅绿

生命是蒲公英
飘洒的种子
不论被风吹到哪里
只要你扎下根来
总能在荒野上
舒展稚嫩的春意

生命是从岩石的缝隙中
挤压而出的溪水
愈有压力
愈是欢腾
即使跌落山涧谷底
把晶莹清澈的梦想
摔得粉身碎骨
也绝不改变

向往大海的
一世情缘

生命是夏花
只要曾经灿烂
凋零时节
也能拥有秋叶的静美

2014 年 2 月 11 日于西安

活　着

活着是什么
是一种状态
就像一池春水
只有风乍起
才能吹皱
一池涟漪

或者就像是
湛蓝的天空
只要有风
就能肆意
挥洒云的风姿
演奏一出
爱的狂想曲

更多的时候
活着是一种过程

就像一滴水
哪怕再卑微
也要冲破重重阻隔
奔向大海的怀抱

有时候
活着是艰难的
甚至很屈辱
但为了子孙
更有尊严地做人
我们必须
有一代人
奉献所有的
青春与汗水
就像一头牛
哪怕吃的是草
也要挤出牛奶

其实，不管辉煌
还是落魄
顽强地活着
本身就是一曲
壮丽的凯歌

2017 年 10 月 3 日于西安

渴　望

今夜
所有的孤独
淹没在黑暗的夜幕里
我对你的渴望
光明如炬
升腾成深邃的天空中
最耀眼的星星
思念
沉淀在我对你
一往情深的凝视中
或许，你顾盼的眼神
从未青睐
我如醉如痴的迷恋
你美妙的身影
从未远离
我温柔的梦乡
你迷人的风姿

一直妖娆成
十五的月亮
冷冷地悬挂在
遥远的天际
我多么渴望
成为一棵桂花树
盛开在你舒张的
广袖之舞下
或者成为一只兔子
甘于清贫
甘于寂寞
只为千百年来
能与你
厮守相伴

2015 年 1 月 17 日于北京

秋日短语

秋天，所有的日光
都绚烂成靓丽的风景
唯有天空
一如既往的
纯净与悠远

故乡飘来的云
一路挥舞着
长长的雁阵
日夜诉说着
亲人的思念

大雪飞扬的
狰狞与迷惘
在金色的
树梢上隐藏
我必须抓紧

收拾好
回乡的行囊

2016 年 10 月 18 日于西安

秋日偶感

无论你在何方
秋天总是不期而至
蔚蓝的天空
就像我们
纯净的内心
没有一丝
风的涟漪
澄澈的湖水
恰如你
深邃的眼神
总能望穿
我的秋水无际

世界如此之大
人生如此渺小
唯有握住你的手
我才能抵御

即将到来的
寒风袭击

2017 年 10 月 1 日于西安

秋之韵味

我喜爱秋天的味道
那是一种源自
母亲的味道
是蓝天般
纯净的味道
是金黄色的
温暖的味道

无论你在
酷热的夏季
经历多少
暴风骤雨
或是流尽
所有的血汗
依然空空如也

只要到了秋天

你会发现
所有的春华
都有秋实
哪怕你是一阵风
也少了春的妩媚
少了夏的潮湿与苦闷
你有了一丝成熟
有了秋风扫落叶
的刚劲和心性

这就是秋之韵味
一种五彩斑斓的美
一种天高云淡的阔
一种圆润丰腴的味

2017 年 10 月 7 日于西安

人　生

人生是刚刚冲破
黎明前黑暗的
那一抹晨曦
霞光四射的时刻
不会永远停留在
地平线的高度

人生是嫩绿的禾苗上
自由滚动的露珠
晶莹剔透的时光
不会永远闪烁在
蛙声阵阵的稻花香里

人生是山涧滴落的清泉
不管多么微弱、渺小
只要汇聚起足够的力量
终能冲破大山的阻隔

孕育出一片肥沃的厚土

人生是浩瀚的天宇
不管阴霾多么沉重
只要有足够的耐心
总能等到云开日出之时

人生其实就是
我们自己的脚步
不管多么歪斜、幼稚
只要踏着坚实的泥土
总会留下一行
清晰的足迹

2013 年 12 月 14 日于西安

生活的感悟

生活就像是
在漏风的窗户上
挂着的蜘蛛网
能透过时光
也有风吹来
日子久了
总会缠绕一些
枯枝败叶
或者某个昆虫
凄惨的挣扎

更多的时候
我觉得生活
就像伸开的手指
有粗有细
有长有短
谁能说

这个重要
那个就该割弃

生活原本就是
我们的影子
你有多高
影子便有多长
你站在黑暗里
她就无处寻觅

让我们把一生的风雨
酿制在微笑的酒坛里
直到有一天
能够咂摸出
浓厚的滋味
即使酸楚、苦涩
也要敞开膀子
酣畅淋漓地
一饮而尽

2016 年 6 月 1 日于西安

柿子红了的时候

柿子红了的时候
用一生执着的守候
把青涩时光
酿制成甘甜美味
在瑟瑟的秋风中
不知醉了
多少路人
痴情的眼神

那耀眼的果实
像一团火
一直温暖着
我流浪的脚步
而母亲依偎在
故乡的老屋下
亲手晾晒的柿饼

已经成为我梦中
最温馨的记忆

2016 年 11 月 11 日于西安

思　念

思念一个人的时候
我阴云密布的心情
瞬间便会
大雨滂沱
不仅淋湿脚下的泥土
甚至把自己
也淋成落汤鸡

思念总是
在夜深人静时
悄悄袭来
这时，你无法
收拾情绪的蒜瓣
只好让辛辣的滋味
四处飘散

思念是苦涩的

像是苦瓜一样
但你品尝过后
总有败火的功效

思念也是香甜的
就像糖和蜂蜜
但若沉迷太久
也会麻醉你灵敏的味觉

我思念我的亲人
那是一份血脉相系的牵挂
我思念我的朋友
那是我一生无法割舍的
知音或手足
我想，有一天
倘若没有了思念
我孱弱的心灵
就会僵硬成荒芜的岩石

2014 年 1 月 13 日于西安

无 题

面对死亡
有时让人无奈
有时让人心酸
有时让人悲痛
有时让人暗无天日

死亡是什么
是无可奈何花落去
还是零落成泥碾作尘
是逝者如斯夫
还是不思量
自难忘

面对挚爱亲人的死亡
我们在痛哭流涕的同时
是否该思考
活着的人究竟

如何从天塌地陷的
悲伤中走出
或许，只有这样
远在天堂的亲人
才会含笑九泉

死亡是人类的宿命
千百年来
何曾听说有人不死
既然如此
坦然面对
才是我们永恒不变的主题

让我们在艰难的日子里
好好活着吧
只要我们
坚守正直和善良
即使死了
又有何遗憾与痛苦

2017 年 5 月 30 日于西安

夏日寄情

仲夏时节
太阳把一年的
激情与火热
集中释放

田野上波涛起伏的
麦子醉了
摇摇晃晃的脸上
闪烁着金灿灿的光芒

村头的那颗老杏树上
一度青涩的杏子
也像谈情说爱的样子
那红嘟嘟的腮帮
不知积攒了多少
甜言蜜语

池塘里快乐的蛙声
与树荫间的夏蝉
一起演唱着
月光奏鸣曲

但更快乐的
是我的父老乡亲
他们挥汗如雨
在烈日的炙烤下
一把一把收割着
满心的喜悦

孩子们
站在高高的大堤上
一个猛子扎进水里
像一条鱼
尽情地戏耍着
童年的欢快与无忌

夏天
就是这样
浓墨重彩地
描摹着故乡的日子

2017 年 5 月 30 日于西安

仰望星空

夜深人静的时候
我在故乡寂寥的
田野之上
仰望星空

我看见深邃的天空
挤满了调皮的星星
像是一群
戏耍的孩子
不停地眨巴着眼睛
这好奇的眸子里
一定有牛郎
痴情的思念
或者织女
幽怨的眼神

我不知道

王母的簪子
划出的那道弧线
阻隔了多少
期盼的泪水
亿万年过去了
银河里依然
洪水滔天

真希望
那美丽的传说
时刻感动着
善良的喜鹊
好让年轻的恋人
能够执手相会

此时，月光如水
打湿了我
回家的足印

2017 年 2 月 9 日于西安

一场大雪过后的沉思

在遥远的北方
一场大雪
深情的拥抱
抚平了沙漠的荒凉
而胡杨树
这个浪迹天涯的
赤膊游子
千百年来
从未在思念中
绝望和后悔

就像我在流落
异乡的日子里
总能在
凛冽的寒风中
读到母亲
深情的祝福

今天，在这新年
到来的时刻
我用雪一般
纯洁的祝福
还有沙漠一般
辽阔的热忱
为你们，所有
默默注视着我的人
勾勒出一幅
纯洁的图画

2017 年元旦于银川

玉兰花开了

玉兰花开了
那一片纯净的白
一直绽放在我心里
我不知道
这世上
还有什么花
能够开得
如此高贵典雅

那淡淡的馨香
轻吻过春风
温润的红唇之后
燕子来了
布谷鸟来了
把一个冬天
压抑的情绪
放逐到空中

瞬间便融化成
柳树妩媚的风姿

我爱玉兰花
卓尔不群的挺拔
那是花中的伟丈夫

玉兰花不是
报春的使者
却在我迷惘的世界里
举办了一场春天的盛宴
让我在每一次
走过的时候
都咀嚼着幸福

2016 年 3 月 19 日于西安

在故宫的后花园里

在故宫的后花园里
第一次看见玉兰花
那一片灿烂如雪的白
瞬间把我的脚步
定格在游人
惊愕的目光里

我想，如果不是
那超凡脱俗的优雅
玉兰花怎么会
扎根在皇宫的禁地
自由自在地释放着
摄人心魄的魅力

我被玉兰花
深深地陶醉了
就像偶遇钟情的恋人

在心灵碰撞的一刻
就被深深吸引

我知道
岁月的风霜
已经披满
我的额头
但我对玉兰花
痴情的爱
依然年轻
如微风的轻吻

虽然我
不配成为
追逐你的雨燕
或者空空的行囊
无法捧出甜蜜的表白
但我依然爱着
玉兰花，这花的精灵
每当看到你的芳容
对我都是一次
灵魂的洗礼

2016 年 3 月 19 日于西安

雪是冬天的情人

雪是冬天的情人
总在不经意间
悄然而至
那晶莹的雪花
忘情地扑向
大地母亲的怀抱
湿润了母亲的衣襟

我在雪地里
静静地走着
让纯净的雪花
在头顶上飞舞
想象儿时
母亲让我
在她的护佑下
蹒跚学步

我知道
我不是无情的游子
但我渴望
在寒风肆虐的季节
透过一场雪的哭泣
释放我对故乡
痛彻心扉的眷恋

2016 年 11 月 22 日于西安

致胡杨

这世界上
有一种树
毕生植根于
浩瀚的沙漠
不屑于风花雪月
不齿于窃窃私语

作为一棵
特立独行的树
只要在荒芜的
沙漠上活着
就已经足够
惊世骇俗了

更何况还能
死了一千年不倒
倒了一千年不朽

站在胡杨树前
我感到个人生活的伤痛
无比渺小
人生的伟岸
岂止在磨炼

我们只要
深深地扎下根去
努力地汲取养分
在肆虐的风沙里
挺直了身子
就可以傲视一切

2017 年 10 月 7 日于西安

致我失去的青春

我的青春
挥洒在故乡
绿意朦胧的
田野上
也曾在燕子
呢喃时
倾诉过对春天的期盼

我青春的步履
曾经稚嫩得
可以掐出水
点点滴滴
渗透进脚下
龟裂的黄土地
在经历岁月的风霜后
我飘逸的长发
日渐花白

我的背影
即使在晴朗的天空下
也显得暗淡佝偻

这时，我把半生
走过的风雨
镌刻成心灵的化石
渴望一千年后
考古的人
也能清晰地触摸到
我简单、粗犷的
生命纹理

2014年5月9日于西安

致银杏树

秋风萧瑟的时候
银杏树对春天
痴情的留恋
被夏日骄阳
炙烤成金黄色
在蔚蓝的天空中
摇曳生姿

故乡的云
挥洒着亲人
思念的泪水
淅淅沥沥地
淋湿了我
漂泊的衣襟

天晴的日子
我把游子

深沉的牵挂
贴上银杏树叶
靓丽的邮戳
寄往心灵深处

2016 年 11 月 8 日于西安

中秋随感

中秋时节
月亮圆了
思念圆了
不圆满的是
游子回家的脚步
还徘徊在他乡
千里迢迢的路途

萧瑟的旷野之上
秋风扫荡落叶
一路悲歌
一路呼唤
何时大雪
漫天飞扬

天空湛蓝
白云点缀

比天空更辽阔的
是浪子赤诚的心
比白云更动人的
是姑娘妩媚的眼神

独在异乡的我
静静地伫立在
能够眺望
故乡的地方
寄情于
长长的雁阵
捎去我
对故乡深沉的思念

2017 年 10 月 4 日于西安

冬至感悟

冬至到来的时候
黑夜拉长了
自己的影子
把温暖的阳光
压缩成一年之中最短

曾几何时
母亲用粗糙的手
舀出缸里
所剩不多的面
把生活的艰辛
包裹成简陋的饺子
填饱我饥饿的心灵

我的心
像滚烫的茶壶
滋滋冒着热气

一刻不停地
驱逐着冬天
刺骨的寒意

我知道
只要心还是热的
这世界就没有
孤独和寂寞
就像雪花飞舞的季节
才是梅花欢喜的
浪漫时光

冬至是我们的
传统节日
因为春天
就在厚厚的
冰层覆盖下
汩汩流淌
那不曾度过
玉门关的春风
也在长安城外
的杨柳枝上
摇曳荡漾

我爱这冬至

简约的风尚
更爱这冬至
朴实的面庞
就像爱我
遥远的故乡
无论多么
悲壮与苍凉
都是我梦中
牵挂的地方

2017 年 12 月 22 日冬至日于银川

2018 年元旦的祝福

2018 年的元旦
在漫天飞舞的雪花中
款款走来
凛冽的北风
挟带着故乡
粗犷的问候
一次次敲打着
游子的心

母亲安详的眼神
定格在深邃的夜空
时常在梦中
打开我思念的泪腺

新年时分
我伫立在
空寂的田野

用我满腔的热忱
与滚烫的祝福
融化我们
相隔千里的隔阂

岁月静好
世事苍凉
在新年浑厚的钟声
响彻心扉的时候
愿我遥远的祝福
带去平安与幸福

2017 年 12 月 27 日于西安

从渣滓洞到白公馆

走进渣滓洞
我看见铁门
是黑色的
窗户是黑色的
屋顶的瓦片
是黑色的
高耸的铁丝网
也是黑色的
比这更黑暗的
是刑讯室里的
铁钎子、老虎凳
还有特务们
狰狞的面目
与狠毒的心肠

矗立在白色
岩石上的白公馆

也不能挽回
一个腐朽王朝
倾覆的命运

在绿意葱茏的
松林坡上
那里就是
杨虎城与夫人
还有小萝卜头
遇难的刑场

岁月的风霜
已经湮没了
歌乐山下
血腥的拷打
与喋血的反抗
我看见
所有后来人
凝重的目光里
闪烁的人性光芒

2018 年 1 月 1 日于重庆

嫦娥奔月的传说

嫦娥奔月的凄美故事
传说了几千年
从来没有割断
我们祖先
向往天空的期盼

岁月沧桑
从未压弯
我们祖先挺直的脊梁

古老长城
残破的烽燧上
滚滚的狼烟
从未迷惘
我们祖先眺望
天空的眼神

这就是
华夏子孙
历经劫难
仍能够凤凰涅槃的
祖传资本

就在昨天
百年不遇的红月亮
升起来了
刹那之间
世界挂满了
中国红的灯笼
这是冥冥天意吗
还是我们的痴情
感动了嫦娥女神

还好我们的“玉兔”[1]
已经复活了
在嫦娥仙子
翩翩起舞的
广寒宫前
划出了一道
美丽的弧线

① “玉兔”：指玉兔号月球车。

还有什么
比奔月更让人
痴迷的梦想呢
还有什么
比追逐梦想
更让人陶醉的幸福呢

历史潮流
浩浩汤汤
高天厚土
滋养桑梓
只要是有梦想的地方
我们就不只拥有
浪漫的诗意
和迷人的远方

2017 年 12 月 31 日，150 年一遇的红月亮天文奇观上演。

2018 年 2 月 1 日于西安

立春时节的感悟

冬天用储藏了
一年的雪
改变了苍天
枯槁的容颜
一夜之间
飞扬的雪花
酥软了泥土
坚硬的骨骼
妩媚了道路
两旁忸怩的桃树

这是冬日的
矫揉造作呢
还是春天
潜行的脚步
迷惘的我
不辨东西

还是看看
头顶的蓝天吧
那灰暗了
寒冬的帽子
已经被微润的风
掀起

河里的冰
正在嘎嘎作响
岸边的柳树
早已摇曳生姿
燕子和布谷鸟
已经打扮成
舞者的样子
随时准备
一场动感的演出

这不就是
春天的行头么
一年四季
还有谁
比立春更有
繁杂的铺陈
缤纷的仪式呢

所有的生命
都已经开启
律动模式
在这春天
即将到来的时节
让我们敞开心扉
去聆听
石上流的
清泉欢歌

今日恰逢立春，又闻吾班同学欢聚，甚感欢喜，遂作拙诗一首，以助雅兴！

2018年2月4日于西安

2018 狗年春节的祝福

一场大雪过后
狗年的春天
就踮起脚尖
眺望除夕的
爆竹何时响起

远处的山峦
披上了朦胧的
绿色蓑衣
冬麦拔节的声音
吸引着游子
归乡的步履

我还在异乡
陌生的人潮里
寻找熟悉的年味
看到的只是

肤浅的笑靥
别人的团聚

但我从未感到
内心的寂寞
冰冷的孤独
因为在故乡
还有你们
我的亲人
我的朋友

在这个狗年的春节
即将到来的日子
无论我在何方
你们深情的凝视
都让我温暖如初
我滚烫的问候
也会借着温润的风
扑向你张开的双臂

2018 年 2 月 14 日于海南岛

海风与海浪的遐想

海风像一个怨妇
如泣如诉
絮絮叨叨地
讲述着
一生的碰壁
与失意之后
又一次次崛起的
艰难往事

前赴后继的海浪
跌跌撞撞地
一路涌来
已经疲惫成
破碎的浪花
伤心地跌落在
海底深渊

远处
漂泊的帆船
在海面上
随波荡漾
在静默中等待
下一场风暴来临

我是一个
被时间遗忘的
匆匆过客
来不及梳理
额头的白发
思念的眼泪
就被故乡的风
吹拂一地

2018 年 2 月 11 日于海南文昌

2018 年元宵节的祝福

元宵节到来时
我在汾河岸边
璀璨的灯火里
品味故乡
浓重的年味
团圆的氛围

流浪者
深情演奏着
思念的曲子
用脚步丈量着
回家的路途

近乡情更怯
就让朦胧的夜色
遮盖我沧桑的胡须
还有悲怆的传奇

在这元宵节
快乐的时光中
我把春风
浪漫的诗意
谱写成燕子
的呢喃细语
坠落在你
温柔的梦里

缤纷的花灯
或许能够
让我迷失自己
但你温润的言语
散发出
玉兰花般的馨香
带给我一世
纯洁的祝福

2018 年 3 月 1 日于山西太原

你是优雅的白玉兰

早春时节
料峭的倒春寒
一度冻结了
布谷鸟欢快的歌唱

河边柳树
朦胧的绿意
在晴空下
若隐若现

含苞待放的花蕾
羞涩地裹紧
华丽的风衣
不想过早表白
渴望春天的情意

只有白玉兰

按捺不住
压抑了太久的思绪
在这春风
荡漾的日子
舒展曼妙身姿
让雪花一样
圣洁的白
惊艳了所有
世俗的眸子

我爱玉兰花
高雅的风姿
与纯净的花色
只要经过花树下
我就陶醉得
不能自已

2018 年 3 月 8 日于西安

2018 年的第一场雪

这年春天
娇嫩的皮肤
一碰就疼
晶莹的泪珠
飞舞成漫天的雪花
遮盖了世间
一切虚假的爱情

有人在空旷的
雪野上漫步
那歪斜的足迹
像是风筝
漂泊的影子
总是消失在
远处的风雪里
大雪纷纷的季节
我无法想象

千里之外的游子
究竟魂归何处
我只能让
冰冷的雪花
一路飘洒进
僵硬的脖颈
好用我的体温
去尽情感受
哪一片雪花
来自故乡

我不知道
这一场雪
能够唤醒
多少痴人的梦魇
好让我们
在春暖花开的时候
回到亲人身边

2018 年 1 月 7 日于西安

春天的世界

春天的世界
一切都是稚嫩的
远处的青山
朦胧的外衣
是稚嫩的
泥泞的田埂上
冒出的草芽
是稚嫩的
那个提着竹篮
四下里寻觅着
荠菜的小姑娘
清脆的声音
也是稚嫩的

我喜爱这春天
微风的妩媚
桃花的娇艳

女人的甜美
还有燕子归来时
叽叽喳喳的思念

若不是春天
的热情明媚
感染了我
我一个冬天
休眠的感官
怎能体会
那落红无数
零落成泥
碾作尘的
淡淡幽怨

在这春天的世界里
湛蓝的天空
是广阔无垠的
长长的雁阵
是飘逸自如的
白云是悠闲舒适的
阳光是和煦温暖的
春风是呼来唤去的
细雨是悄无声息的
只有开裂的冰河

是奔腾咆哮的

我们这些

河的子孙

呐喊是粗犷野性的

2018 年 3 月 15 日于西安

清明时节

清明是慎终追远的日子
所有的杨柳
都肃穆成
温顺的样子
静静伫立在河边
让思念的细雨
抚平一个冬天
的忧伤和阴郁

毕竟这是
春暖花开的季节
燕子来了
布谷鸟来了
一切枯萎的
草木苏醒了
桃花在情人
的眸子里盛开

丁香开始
绽放出姑娘般
朦胧的甜美

在春风拂过的
广袤田野上
我自由漫步
脚下的大地
酥软如脂

我就像一个
襁褓中的孩子
依偎在母亲
温暖的怀抱
在春天的田野上
我每走一步
心里都无比踏实

2018 年 4 月 4 日于银川

端午怀想

那个投江的诗人
已经走了
但他的《楚辞》
随着滚滚长江的东逝水
不断流传

历史的浪花
淘尽无数英雄
多少金戈铁马
在狼烟四起的
烽火台前
沉沙折戟

幸好还有粽子
包裹着一个
凄美的传说
口口相传至今

明天就是端午节了
我在一个陌生
而喧嚣的城市里
品尝着包装精美的粽子
却品味不到
故乡特有的滋味

但我还想
用笨拙的语言
写下真诚的祝福
就像星星
无论多遥远
都闪烁在
静谧朴素的夜空
传递着希望与幸福

2018 年 6 月 15 日于西安

在松花江上

松花江
在黑土地上
静静地流淌
将无数悲怆往事
演绎成为
闯关东的
英雄传奇

高高的
大兴安岭
能够抵御
西伯利亚
刺骨的寒风
却没有阻挡
日寇铁蹄的
肆意践踏

这是父辈
遗留给我们
的神奇土地
每一寸
都渗透着
祖先的血泪
就算豁出性命
也绝不能
后退半步

杨靖宇将军
为国捐躯
八女投江
彰显巾帼豪气
英雄的事迹
至今仍然
振奋着我们的精神
激荡着我们的灵魂

今天的松花江
还在我们的
血脉中流淌
为了太阳岛上
明媚的阳光
永远沐浴着

孩子们欢乐成长
该流血奉献的时候
我愿意随时
挺身而出

2018 年 7 月 15 日于哈尔滨

石油情怀

从九公里到庆阳

从九公里到庆阳
是多少石油人
出发又回归的路途
正如我们走过的
人生轨迹
起点是白茫茫的盐碱地
经过荒漠、戈壁
穿透黄土高原
嶙峋的沟壑
然后才能到达
人生的驿站

第一次出发时
我还年轻
躁动的青春
就像疾驰的汽车
即使路途上颠簸再多

也会不顾一切绝尘而去

但九公里有故乡的月亮
有茅屋升起的炊烟
有妻儿无尽的牵挂
与思念的泪水
因此我在沙漠中
艰难跋涉时
时而也会落下
思乡的泪

在九公里的沙枣花
盛开之季
我在庆阳空旷的田野上
手握钻机
引吭高歌
只期待野山杏
泛黄的时刻
我能回到故乡
品尝醇香的新麦

2017 年 5 月 28 日于西安

怀念庆阳

蜿蜒流淌的环江
像一把剪刀
裁剪出了庆阳
原始的轮廓
千百年来
周祖庙默默地
讲述着先人们
喋血耕耘的
艰难往事

远方的田野上
高高的钻塔
日夜不停地轰鸣着
仿佛在演奏一首
波澜壮阔的
黄河船夫曲

一个人默默地
走在庆阳的大街上
我能感受到
黄土高原雄壮的
沟塬梁峁
其实就镌刻在
石油人粗犷的额头上

也许有一天
我们的身体会轰然倒下
但我们的精神
屹然不倒
历史会告诉后来者
曾经有一群石油人
在庆阳
燃烧过如火的青春

2017年5月30日于西安

回到大水坑

走进大水坑
这个曾经辉煌的
石油小镇
我看见远方
沟壑纵横的
黄土高原
像历经沧桑的长者
他默默无言
凝视着
我与老婆
执手相依的温馨

脚下的路
已经被厚厚的荒草覆盖
我们并肩而走
听得见
彼此熟悉的呼吸

那是很久远的
浪漫故事了
在采油树
茁壮成长的草原上
至今还能触摸到
春天的信息

我来的时候
是寒冷的冬季
但迈开的步履
坚实无比
我沉静如水的心
重又泛起
阵阵涟漪
大水坑热闹的街市
今非昔比
我却无处
寻找甜美的回忆

2017 年 1 月 2 日，回到阔别多年的宁夏盐池大水坑，夜不能寐，是以记之。

2017 年 1 月 2 日于宁夏

勘探者之歌

自从我的命运
烙上探路者的标记
我的一生
注定在流浪中度过

我把故乡的炊烟
收藏进记忆的深处
把村头那棵老白杨
泛起的一片新绿
装进离乡的背囊
踩着信天游
悲壮的旋律
一头扎进荒芜的高原

当凛冽的风
把巍峨的钻塔
雕刻成戈壁上

孤独的剪影
石油河流淌的声音
回响在大漠的天空
我浑身湿透、疲倦
只有故乡
温暖着我空寂的夜晚
我梦中那盛开的沙枣树林
那温馨的花香
愈合了我内心的伤痕

我知道
也许一生的探索
都不会有收获
但既然选择了
探路者的使命
除了孑然独行
我别无选择

2015 年 1 月 11 日于西安

渴望石油

我渴望石油
就像渴望看见故乡
遥远的地平线
广袤的沙漠
在苍凉的悲壮中
蕴藏着采油人的希望

我渴望石油
就像野菊花
总是在牧人
疾驰的马蹄声里
怒放在秋日的田野

为了这期盼、渴望
我在寒冬
已经收藏了
无尽的思念

还有妻儿
牵挂的目光

春寒料峭的季节
我在冰封的大地上
踩着疲惫的步伐
寻找着春天
归来的气息
在春雨的淅沥中
用心叩问着
青草茵茵
梨花雪白
何时到来

炎热的夏季
伴随着池塘的蛙鸣
石油人挥汗如雨
收割希望
收割梦想

2015 年 9 月 1 日于西安

我的石油我的梦

三十年前
我漂泊到石油人
聚集的部落
从此，我在梦中
把黑石油想象成
墨汁的颜色
把大地裸露的岩石
当作砚台
用我滚烫的汗水
倾尽全力磨砺
炽热的青春
试图在高原的脊背上
勾勒一幅粗犷的素描

往事艰辛
但梦想的旗帜
在高高的钻塔上

随风飘扬
日夜不停地呼唤着
黎明的曙光

三十年过去了
我的素描
在辽阔的地平线上
逐渐呈现出
清晰的轮廓
而我握着砚台的手
已经老茧丛生
我曾经飘逸的黑发
撒落一层冰雪

但我的石油
是我追逐的梦想
即使耗尽一生
也无怨无悔

2015 年 8 月 31 日于西安

石油河边的畅想

伫立在采油树下
我似乎触摸到
石油河滚烫的呼吸
极目远方
巍峨的钻塔
还在编织着石油的嫁衣
那些多情的石油汉子
还在流浪的荒原上
追逐梦想

沿着先人走过的足迹
我把黑色的石油
酿成醇香的奶茶
一路飘向我
思念的故乡

石油河静静地

在地下流淌着
亿万年来
在岩石的挤压中
总想膨胀突破
总在寻找
那喷涌而出的豪放

我们期待这一天
已经太久了
为此，我的父辈
已经耗费了
一生的时光
他就像一个赌徒
把自己所有的爱与幸福
统统抵押给
岁月风霜
直到两鬓斑白
仍在艰难的路上
泣血而行

虽然我疲惫的身影下
长满荒凉的芨芨草
我沧桑的眼神
裸露出前世的忧伤
但我必须匍匐在地

悉心聆听石油河
躁动的异响
直到有一天
我能坐在旁边
悠闲看夕阳

2014 年 1 月 12 日于西安

石油是我们的宿命

石油是我们毕生的宿命
为了追寻它
飘忽不定的影子
我们的父辈
已经弯曲了青春的脊梁
在高原上
他们架起漫山遍野的井架
黑夜中闪烁着
一片璀璨的灯光

当滚烫的汗水
将满头的青丝
漂洗成华发
老茧丛生的手掌
弹奏出采油树
欢快的曲调
我们毅然决然地

从父辈那里
接过了勘探石油
奥秘的手杖

从此
在黄土高原
密如蛛网的血脉中
跳跃穿行
成为我们
唯一的选择
在辽阔草原
飘香的奶茶中
醉卧畅谈
成为我们
最惬意的奖赏

我们是石油人的后来者
寻找石油是我们
今生今世
永恒不变的梦想
哪怕背井离乡
几十年之后
我们的肤色
也浸染成黑石油的模样

2013 年 12 月 14 日于西安

石油是我追逐一生的梦想

许多年前
喋血的硝烟
还没有从疲倦的
眼前散去
我们的父辈
就背负起使命
一头扎进了
石油人的部落

从此，他们在戈壁荒原
四处流浪
行将倒下的时候
用枯瘦的手
将追逐黑石油的梦想
托付到我们黝黑的臂膀上

带着父辈们

沉甸甸的嘱托
踏着先人们
瘀血前行的足迹
我们在岁月沙尘的肆虐中
磨砺着青春
在朦胧的沉睡中
孤独与寂寞
剥蚀着年轻的容颜
在黄土高原蜿蜒的沟壑
洗劫了我们所有的泪水之后
终于在鄂尔多斯
辽阔的盆地上
我们触摸到黑石油清晰的影像

祖国崛起的梦想
更加有力地召唤着
我们必须燃烧自己
才能让黑石油
奔涌的浪花
绽放在思念的远方

2015 年 7 月 13 日于西安

石油在我的心里

石油在我的心里
有着情人一般
重要的位置
为了找到它的踪迹
先人们吟唱着信天游
悲悯的曲调
一路从高原走来
不管经历多少艰苦岁月
坚强的石油汉子
始终把思念的泪水
咽在肚子里
悬挂在高高的
钻塔之上的
那一轮
圆圆的月亮
照亮了他们前进的足迹

作为后来人
我把妻儿
牵挂的目光
蕴藏在甜蜜的
梦乡里
期望有一天
在黑色的石油河旁
我们畅饮美酒
纵情歌唱

2016年3月30日于西安

我爱我的石油

我爱石油黏稠的形态
因为，那是遥远的白垩纪以前
在一场沧海桑田的巨变中
倾覆在地底的新鲜血液

我爱石油黝黑的光泽
那是千百年来
祖先们辛苦劳作中
被烈日炙烤出的肤色

我爱我的石油
那是蕴藏在岩石缝隙的一团火
即使暗无天日亿万年
燃烧的希望
也从未被浇灭

我爱我的石油

那是黄土高原母亲的血肉之躯里
流淌出的乳液

我爱我的石油
那是我追寻了一生的执着
我的青春
就是在苦苦地追寻中
剥蚀了鲜活的颜色
我曾经挺拔的脊梁
在艰难的寻觅中
变得弯曲

但我仍然深深挚爱着我的石油
因为我坚信
总有一天
我毕生的心血
终会融化石油河上厚重的躯壳

2013 年 11 月 2 日于西安

我的九公里

九公里不是我的故乡
但在九公里的月光中
我依然能够读出
故乡朦胧的诗意

我人生的酸甜苦辣
就是在这里
细细品味
我爱情的麻辣烫
也在这里
滋滋地冒着热气

我的青春
就像盐碱地上的
那棵白杨树
在无数次风沙的肆虐中
蜕皮成长

我的快乐时光
就像汉渠的水
至今还在文化宫、电影院
还有水景广场
残破的废墟上荡漾

在我的梦中
九公里的模样
始终那样清晰
就像初恋的情人
至今我还能触摸到
那温馨的呼吸

我的九公里
其实就是
故乡的茅屋前
那棵干瘪的老榆树
无论我在哪里
她的根都会
扎在我心里

2017 年 4 月 22 日于西安

我的石油

我的石油
是我一生的追求
我把故乡收藏在心里
把思念寄托给
南飞的鸿雁
在金戈铁马的
黄土高原
我用热血叩问
苍茫大地
用汗水清洗
历史厚重的陈迹

在无数次摔倒爬起
无数次伤痕痊愈之后
高高的钻塔
托举起茁壮的采油树
成为高原最靓丽的风景线

虽然，我骄傲的青春
已经凋零成
没有一片叶子的枯枝
我粗壮的身躯
已经佝偻成弯曲的老榆树
但我的石油
依然是我一生不变的追求

在我即将老去的岁月
我将把最后的心血
用来浇灌石油的沃土
直到有一天
我把自己也融化成
蕴藏着石油的岩石

2013 年 8 月 17 日于西安

我热爱沙漠金黄的色彩

我热爱沙漠金黄的色彩
虽然耀眼
但我能轻易识破诱惑
我喜爱沙漠的广袤浩瀚
虽然博大
但我深知隐藏的危险

我仍然深深爱着沙漠
因为沙漠曾经是我童年嬉戏的天堂
那里有驼铃
摇曳着进入我的梦乡
那里也有海子
沐浴过我黝黑的臂膀
那里有红柳、骆驼刺
那顽强的生命力
曾经深深地把我震撼

我爱沙漠
那是故乡一道靓丽的风景线
从过去到现在
让我魂牵梦绕，难以割舍

我爱沙漠
那是我战斗了大半生的地方
我的青春
就是在沙漠的历练中
褪去了鲜艳的光泽
我的一腔热血
就是在沙漠的炙烤中
一点一点干涸

是沙漠让我成熟
是沙漠让我坚强
我在与沙漠的徒手搏斗中
追逐到了黑石油的梦想

2013 年 1 月 21 日于北京

我是漂泊者

我是漂泊者
漂泊就是我毕生的使命
我在桃花盛开的季节
离乡前行
把梦想拧成额头的汗珠
渗透进干涸的黄土地
在无数次思乡的回眸之后
我的皮肤板结成褐色高原
蜿蜒起伏的褶皱
我的脊背
弯曲成了拱形的辽阔天宇
我的眼泪
混合着千沟万壑浑浊的泥水
一起涌入滔滔黄河

但我漂泊的脚步没有停滞
我知道

漂泊的使命没有尽头
只要还活着
就要把满腔的热血
抛洒在浪迹天涯的路途
直到有一天
漂泊的身影轰然倒下
化成地底永恒的化石

2013 年 7 月 12 日于西安

我在奔跑中

我在奔跑中
把青春挥洒成
蒲公英漂泊的舞姿
跌落在杏花荡漾的深潭里
那透彻心扉的清凉
渗润着轻风
梦想的浪花
飞溅在岁月苍凉的脊背上
石油河流淌的地方
采油树茁壮成长
辽阔的黄土高原褐色的皮肤
仿佛我心灵的褶皱
被风吹散的长发
飘逸成油龙长长的触角
曾经的豪情
澎湃成波涛汹涌的黄河
此刻，所有的落寞惆怅

化为青烟
飘散在蓝天白云之上
而我再次背起使命的行囊
踏着泥泞和坎坷
走向希望的远方

2012 年 12 月 8 日于西安

我在梦中

我在梦中
俯瞰辽阔的鄂尔多斯盆地
那密如蛛网的水系
一刻也不停息地
奔向大海的怀抱
那绵延起伏的山峦
支撑起一个民族
桀骜不驯的脊梁
那色彩斑斓的沙漠、草原
辽阔、无垠
伸展到天边
那雄伟的贺兰山脉
让我们在无数次跨越中成长

昨天我加入一个游牧的部落
从此在流浪中追寻着
油龙气虎的踪迹

当我赤裸的脚板
在坎坷的路途中硌出
厚厚的老茧
曾经挺拔的身躯
佝偻成黄土高原上沧桑的老树
石油河汩汩流淌进我的梦乡

2013 年 1 月 21 日于北京

我站在黄土高原之上

我站在黄土高原之上
看岁月的风霜
雕刻出沟塬梁峁
厚重的行囊
挤压着我弯曲的脊梁
滚烫的黄土地
炙烤着我赤裸的脚板上
瘀血的伤痕

古长城颓废的残迹
折射出故乡曾经的辉煌
荒芜的边城
远去的鼓角争鸣
激荡着我胸中的豪放
支撑着我
在一次次失望后
仍然挺起倔强的臂膀

把苦难打碎成瓦砾
丢弃在身后的路上
把梦想演绎成蒙古人
悠远的长调
回荡在辽阔的草原之上

冰封大地时
沙哑的歌声
醇香的奶茶
沸腾的热血
让我醉倒在石油河甜美的梦乡

2013 年 6 月 28 日于西安

燕鸽湖的春天

春光明媚的季节
红嘴鸥迈着轻盈的舞步
徜徉在石油城
微波荡漾的湖水之上
那婀娜多姿的柳枝
已经捧出一片
稚嫩的新绿
燕鸽湖的春天
就这样年复一年
植根在石油人
一度荒芜的心田

我不是诗人
我只是流浪的石油汉子
在空旷的黄土高原上
我迷惘的目光
时常找不到

故乡的影子
但燕鸽湖畔
红嘴鸥撷来的
那抹江南的烟雨
总会在我孤独的思念中
书写出朦胧的诗意

即使在漆黑的夜色中
遥望着巍峨钻塔
闪烁的灯火
我也能触摸到
燕鸽湖温润的气息

燕鸽湖的春天
也许不够艳丽
但在我漂泊
他乡的日子
总能打湿我
痴情的回忆

2017 年 4 月 3 日于西安

在岁月雕刻的荒原褶皱起伏上

在岁月雕刻的荒原褶皱起伏上
我们把爱书写成苍茫大地
悲壮的史诗
石油河流淌的季节
我们无暇聆听节日的欢歌
因为今生注定的使命
还在前方摇曳
放下酒杯里盛满的乡情
释怀目光中荡漾的温馨
到远方寻找誓言的悲壮
此去经年
应是良辰美景虚设
纵有千种风情
更与何人说

收获的季节
我们不会醉酒当歌

更不会沉睡在麦香迷人的晚上
我们深知
播种的时刻就在当下
沉重的犁铧还要剖开干涸的土地
只有晶莹的汗珠
撒进渴望的田野
才会有春花烂漫的时刻

我们不能奢望
躺在累累的硕果上
也不能陶醉在庆功的喜悦中
无法迈开前进的步伐
前方的路永远没有终点
只要活着
就必须义无反顾地
艰难跋涉
即使倒下
也要努力成为一个坐标
为后来者指明奔跑的方向

2012 年 7 月 20 日于西安

重回九公里

还没到九公里
只是远远地瞥见
那一簇葱茏的绿
我思念的情绪
瞬间决堤

对我来说
九公里绝不是
一个数字概念
她收藏了我
十八年青涩的记忆
我曾经像盐碱地一样
苍白的履历
在这里写满
丰富的经历
我一度稚嫩的人生
就是在这里

涂抹上黑石油
浓厚的滋味

也是在这里
女儿蹒跚的脚步
走进了我渴望的视野
那欢快的时光
至今还在山水沟
弥望的河滩上徜徉

此刻，站在九公里
空旷的大街上
我的目光掠过
破败的厂房
还有颓废的广场
只觉得心里
阵阵凄凉

这里已经不属于我了
但那段炽热的岁月
已经深深烙进
我们的心灵深处

2017 年 4 月 4 日于西安

自从走进荒原

自从走进荒原
走进沼泽
我就把缤纷的理想
折叠成千纸鹤
寄向遥远的故乡
寄给满目沧桑的父母
寄给淡淡忧伤的妻子
寄给睡梦中呢喃的女儿
寄给无尽牵挂我的朋友

在浪迹天涯的跋涉中
我们追寻黑石油的梦想
青春的足迹
踏遍高原褐色的胸膛
矫健的步伐
挂满岁月的风霜
我们把思乡的情缘

谱写成采油树欢快的歌曲
对亲人的爱
仿佛盘旋在大地的油龙
呼啸着磅礴的气势
奔向遥远的天际

此时，我们舒展弯曲的脊背
用粗糙的手掌
抚平心灵的创伤
用晶莹的汗珠
换取思念的美酒
在跌宕起伏的高原上
纵情歌唱

2012 年 12 月 5 日于西安

石油是我的故乡

石油河脉动的季节
我独自一人
来到辽阔的高原上
引吭高歌

跌宕起伏的
沟塬梁峁
隐匿了故乡
袅袅的炊烟
让我在流浪的远方
无法品味
熟悉的乡音

高高的钻塔
用粗犷的伴奏
演绎着石油汉子们
荒芜的思念

与原始的爱情

只有山杏花
忘我地盛开
不解的风情
迷惑了无数
稚嫩的星星

我在石油河
浸泡的日子久了
孤独的感觉
日渐麻木

只有故乡的风
依然在心头
飘荡
一声声呼唤
游子归来
但我已然
沉睡在黑石油的梦乡
不愿醒来

2018 年 3 月 6 日于山西保德

陇东油探的初夏

初夏的小雨
淅淅沥沥
落在找油人
宽厚的心里
故乡的风
温柔掠过
黄土高坡
翠绿的山顶
瞬间陶醉了
游子的心

青春被挤压成
侏罗纪
岩石的褶皱
梦想在岁月的磨砺中
逐渐成长
唯有思念

沉重如山
让人生的每一步
都走得无比踏实

走过沟壑
爬过梁峁
我们已经成为
陇东大地
虔诚的孩子
一次次躬身匍匐
只为叩问
石油的脉搏
究竟潜藏何处

2018 年 5 月 5 日于甘肃庆阳

石油城的清晨

晨练的人流
无声地流淌
清清的湖水
碧波荡漾
婀娜多姿的柳枝
顾盼多情
蔚蓝的天空
澄澈如洗
高耸的楼群
掩映不住
石油人内心的喜悦
与生活的宁静

石油人的青春
已经抛洒在
荒芜的高原
除了燕鸽湖

还有什么
能让一群与黑石油
赌博过命运的汉子
心静如水呢

还有红嘴鸥
这个来自远方的精灵
飘逸的舞姿
惊诧了石油城
所有思念的眼睛

2018 年 3 月 29 日于银川

石油的情人

我是一个
粗犷奔放的
石油汉子
曾经发誓
用苦涩泪水
把脚下的荒原
变成采油树
茁壮成长的沃土

我是黑石油
痴迷的情人
甘愿用一生
卑微的匍匐
在这跌宕起伏的
黄土高原上
努力寻找
石油河的踪迹

我在石油河
浸泡的日子
已经很久了
多少次在梦中
找不到回家的
蜿蜒小路
而今
母亲的渴望
已经矗立成
高高的钻塔
时刻吟唱着
欢快的歌曲

我坠落在石油
黏稠的爱情里
完全不能自拔
这浓烈的气味
拯救了
我迟钝已久的嗅觉

我在荒原上
曾经孤独徘徊
但春天的花海

已经一路芬芳
一路盛开

2018年3月15日于西安

跋

读诗的乐趣

刘社明

古人云：三十而立，四十而不惑，五十而知天命，六十而耳顺。屈指一算，吾已过知天命之年矣。数十年来，无论工作多么繁忙，生活多么繁杂，我都始终保持一个不是习惯的习惯，那就是读诗。这并非是我故作清高，或是附庸风雅，而是自己切实感觉到读诗实在是一件快乐和有趣的事。

首先，读诗可以了解文人的真实、细腻的思想情感与智慧幽默的趣闻轶事。如陆游与旧爱相遇而不能执手相看，倾诉衷肠，他内心澎湃，不吐不快，遂提笔，诗云：

“红酥手，黄縢酒，满城春色宫墙柳。东风恶，欢情薄。一怀愁绪，几年离索。错、错、错。

春如旧，人空瘦，泪痕红浥鲛绡透。桃花落，闲池阁。山盟虽在，锦书难托。莫、莫、莫！”

其次，读诗可以抒发豪情，激励壮志，使人有顶天立地大丈夫之豪气也。例如唐人的“羌笛何须怨杨柳，春风不度玉门关”之苍凉悲壮！毛主席的“红军不怕远征难，万水千山只等闲”，一种敢于藐视一切艰难困苦、积极乐观的革命英雄主义精神跃然纸上。

总之，读诗的好处与乐趣可谓多矣，以吾之粗陋见解，实在不能穷尽之。单就以我所熟知的律师朋友刘兴勇的诗作来说，经常读他的诗，也能够体会到我们这一代人的所想所感，所思所爱。我是地道的关中西府人，生于太白山下，长于太白山下，对太白山的情感不可谓不深，但却无以言表。2017 年 5 月的一个周末，与刘兴勇律师等几位好友相约，来到我的故乡太白山，进山峪口处的小村庄休闲。过后不久，兴勇兄把他的《太白山偶感》发给我，诗云：

太白山／屹立在祖先／巍峨的龙脉之上／千百年来／默默注视着／八百里秦川／喋血的荣辱兴衰

明修栈道／暗度陈仓的传奇故事／已经演绎成／一个民族不朽的智慧／眉户剧悠远绵长的曲调／至今还陶醉着／故乡的父老乡亲

走在空旷的田野上／我时常能够看到／母亲温暖的目光／洒落在香椿树／朴素的清香之上

太白山就像是父亲／永远沉默寡言／无论我在哪里／都是我一生／最伟岸的风景

大爷海痴情的泪水／始终流淌在我／思念的梦中／而西府的醋和美食／早已固化了我的味蕾／即使远隔千山万水／那淡淡的酸楚／总能安抚／我彻夜的难眠

反复读之，其情深也，竟觉得仿佛道出了自己多年的心声，甚感快慰。此难道不就是读诗之乐趣吗？

是以为跋！

2018 年 7 月 6 日于西安

后记

为什么要写诗

刘兴勇

为什么要写诗？说到这个话题，古往今来，说法甚多，可谓仁者见仁，智者见智。

在我看来，首先是诗歌本身具有审美和教化作用，一首好的诗歌，可以让人感到气势磅礴，荡气回肠；也可使人柔肠寸断，思绪绵绵。简言之，好诗可以启迪智慧，描摹叙事，言情传神，感化他人。或许是基于这样一个普通认识，我对诗歌一直以来情有独钟，割舍不下。

古人云：诗言志。志者，人生感悟、体验、认识，或者见解、观点、主张也。凡好诗，使人读之后，必有好的触动、感受或者精神愉悦。孔子曾说："不学诗，无以言。"这里的诗特指中国古代最早的诗歌总集《诗经》，意思是说，如果不好好学习《诗经》里的诗歌，是没有什么（知识或文化）可以沟通交流的，用现在的大白话说，就是不认真学习《诗经》，是没有资格说话的。可见，我国古代的先贤圣人对诗歌的美育教化作用是十分看重的。

在我上小学和初中时，正值"文革"时期，那时的语文课本中多是歌功颂德或大批判的文章，少有语言简练、意境优美的古典或现代诗歌。我的语文老师张其中先生，文化程度不是很高，但颇有文学功底。记得有一次他给我们手抄并讲解了一首鲁迅先生的《自嘲》诗：

“运交华盖欲何求，未敢翻身已碰头。破帽遮颜过闹市，漏船载酒泛中流。横眉冷对千夫指，俯首甘为孺子牛。躲进小楼成一统，管他冬夏与春秋。”

虽然当时年纪尚小，不太明白其中的意思，但却非常喜欢这首诗所表达的“俯首甘为孺子牛”的精神，于是把这首诗背得滚瓜烂熟。直到今天，三四十年过去了，仍然不能忘记；而且，这一路走来，总觉得做人做事还是受了这首诗歌的一些影响。

及至上高中时，“文革”结束，课本里出现诸多古典及现代的优美诗歌，使我如获至宝，爱不释手。常常在一个人走路或干活时，情不自禁或默默吟诵或大声朗读，总感觉自己艰难的求学生涯也充满了诗情画意。比如苏轼的《念奴娇·赤壁怀古》，其开篇“大江东去，浪淘尽，千古风流人物”的磅礴气势，一度让我佩服得五体投地。曾经无数次幻想自己一个人站在滔滔不绝的大江边，抚今追昔的场景，颇多感慨！又如其“乱石穿空，惊涛拍岸，卷起千堆雪”的恢宏景象，唯有毛主席的“北国风光，千里冰封，万里雪飘。望长城内外，惟余莽莽；大河上下，顿失滔滔”可以与之媲美。其“江山如画，一时多少豪杰”的豪迈情怀，窃以为也只有毛主席的“江山如此多娇，引无数英雄竞折腰”可以超越。

故此，几十年来，无论工作多忙，生活多累，我对诗歌之喜爱，竟不能自已。于是常常在闲暇之余，看诗写诗，自娱自乐。比如，春天时节，小区里的玉兰花开了，我惊诧于这超凡脱俗的美丽与纯洁，一气呵成写道：

“玉兰花开了 / 那一片纯净的白 / 一直绽放在我心里

我不知道 / 这世上 / 还有什么花 / 能够开得 / 如此高贵典雅

那淡淡的馨香 / 轻吻过春风 / 温润的红唇之后 / 燕子来了 / 布谷鸟来了 / 把一个冬天 / 压抑的情绪 / 放逐到空中 / 瞬间便融化成 / 柳树妩媚的风姿”

从我 17 岁上大学开始，我离开故乡三十余载矣。然而无论身在何处，我对故乡的那份情感是无法释怀的，我在《故乡是一滴泪》中写道：

“故乡是我梦中的 / 一滴眼泪 / 酸楚中带有 / 浓厚的滋味 / 咂摸思念的时候 / 有时让人心碎 / 有时让人断魂

我在他乡 / 流浪的日子 / 故乡的风 / 会从四面八方 / 簇拥而来 / 吹皱我 / 痴情的留恋

我从一场 / 淅沥的小雨中 / 时常能够读到 / 母亲寄来的祝福 / 我也会 / 从床前的月光中 / 回想起 / 池塘里 / 熟悉的蛙声

故乡是一把盐 / 看似平淡无奇 / 但没有你的日子 / 我将食之无味”

我喜欢诗歌，还有一个不得不说的原因是，随着电脑的普及，电子读物的泛滥成灾，更有人们生活节奏的加快，工作压力的加大，很多时候很难静下心来去看一部皇皇巨著。就我个人来说，一篇文章，倘若超过三五千字，就觉得读起来颇为耗时费力，常常虎头蛇尾。故此觉得，写诗可以用最简洁的语言，借以表达自己对人生的些许感悟或认识；而他人读之，也能在短时之内领略或感受自己的内心世界。如此，何乐而不为呢？

是故，我在近些年的工作之余，有感而发，有事记之，有情抒之，有念怀之，点点滴滴，积少成多，竟有百余首。今不揣冒昧，诚惶诚恐，委托友人，精心付梓。承望各位大家斧正也。

2017 年 11 月 16 日于西安

2012 年夏天，作者妻子、女儿等在延安

2018 年 7 月，作者女儿在呼伦贝尔草原

2014 年夏，作者与妻子在澳大利亚凯恩斯大堡礁

2014 年夏天，作者与妻子在新西兰奥克兰

2018 年 7 月，作者女儿在额尔古纳河沿岸

2017 年 7 月 2 日，作者女儿出嫁时的照片

2018 年 7 月，作者在呼伦贝尔草原

2017 年夏，作者的全家福

2018 年 7 月，作者及家人在呼伦贝尔草原

2018 年 7 月，作者女儿和女婿在呼伦贝尔草原